回到過去變成貓

BACK TO THE PAST TO BECOME A CAT NO.10

陳詞懶調×PieroRabu

東區四賤客

黑碳（blackC）

主角貓。本名「鄭歎」，原為人類的他不知為何變成一隻黑貓，穿越到過去年代。為求生存，他開始訓練自己的貓體，展開以貓的角度看世界的貓生歷險。

警長

白襪子黑貓。個性好鬥，打起架來不要命，總跟吉娃娃過不去。技能是學狗叫。

阿黃

黃狸貓。外形嚴肅威風，其實內在膽子小，還是個路痴。技能是耍白目，被鄭歎稱為「黃二貨」。

大胖

黑灰色狸花貓。很聰明，平時不動則已，動則戰鬥力爆表。技能是被罰蹲泡麵。

焦家四口

焦明生（焦爸）

收養黑碳的主人，楚華大學生命科學系教授，住在東教職員社區B棟五樓。他很保護黑碳，也放心讓黑碳接送孩子上下學，他與黑碳之間似乎有種莫名的默契。

顧蓉涵（焦媽）

高中英語老師，從垃圾堆中撿回黑碳。鄭歎很喜歡吃她做的料理。

焦遠

焦家的獨生子，有點小調皮，其實是個很用功的好孩子、很照顧妹妹的好哥哥。目前已是高中生。

顧優紫（小柚子）

因父母離異而寄住焦家，是焦遠的表妹，目前已是國中生。她平時不太說話，但私下裡會對黑碳說說心裡話。

小動物們

撒哈拉

具有三種血統（薩摩耶、哈士奇、拉布拉多）的公狗。牠相當好動愛玩、又容易闖禍，讓主人阮英很頭疼。

虎子

為豹紋大貓與鬥貓所生的小公貓，毛偏深灰色，有深色不明顯的斑紋。牠精力充沛到處折騰，好鬥、愛打架，卻會怕黑碳。由馮柏金收養。

狗仔

大地震後被搜救犬仔仔救出的小黃貓，因傷勢嚴重而截掉雙前肢。劫後餘生的牠被收養在小郭的寵物中心，與芝麻搭檔成為最活躍的兩隻貓。

黑芝麻（芝麻）

李元霸和爵爺的第二胎，毛色是白底帶黑點，像是大麥町犬。是隻相當強健、精力旺盛的小貓崽。喜歡泡澡。

人類朋友

六八

業界有名的私人偵探，喜歡玩各種撈錢的、有趣的大案子。黑碳很防備他，認為他是個騙子，卻又感覺不到他對小動物有惡意或威脅。

查理

原本是農大學生，主修動物醫學，後來進入明明如此寵物中心實習，是黑碳工作時間的專屬保姆。一次次接觸後，他由吃驚進化成瞭解黑碳的習性。

楊逸

娛樂經紀公司「逸興文化」的老闆，興趣是拍照、發掘新人。雖然不是非常喜歡貓，但對黑碳很有好感，找黑碳拍攝紀錄片《城市・人・貓》的京城篇。

孔翰

楊逸的高中同學，是個電影導演。他想拍一部一個大男人突然變成一隻貓的故事，震驚了黑碳。

Contents

Back to
the past
to become a cat

第一章 貓的嗅覺警報器

正月十五過後，大、中、小學都開學了，幼稚園也隨著家長們開始工作而打開大門。

鄭歎之前就已經清楚卓小貓他們的課程了，尋了個室外活動課程的時間，鄭歎套著黑色的背心，將紅包放進裡面，跑去幼稚園。

和以前一樣，看到鄭歎之後卓小貓就過去了，同班的小朋友們見怪不怪，也沒多少好奇心。

「黑哥新年好～」卓小貓樂顛顛跑過來。

看得出來，這孩子心情相當不錯。

鄭歎側對著卓小貓，朝著背心上的口袋拉鍊處點了點下巴，示意卓小貓拉開看看。

卓小貓眼睛一亮，趕緊將手裡的蠟筆放進口袋，然後拉開背心上的拉鍊，拿出裡面的紅包。看到寫著「壓歲錢」的紅包，卓小貓笑得眼睛都眯起來了，這三個字他認識，過年的時候也收到過這種紅包。

就在卓小貓樂呵著的時候，鄭歎聽到一些動靜，往身後看，然後在幾聲戰鬥狀態的貓叫後，一道灰黑色的身影從草叢裡滾了出來。

鄭歎：「……」這兩個傢伙又打架了。

從草叢裡滾出來的那隻貓比鄭歎要大一些，灰黑色的毛，毛不長，仔細看的話能看出其中還有一些黑色的斑點紋。

此刻，這隻貓滾出來之後，呈現一副警惕狀態的模樣看著周圍，大概是察覺到了周圍很多陌生的氣息和聲音。牠看向鄭歎他們這邊的時候一愣，扯動了下耳朵，接著就放下了些警惕，但下一刻似乎突然聽到了什麼動靜，噌地跳起老高，下一刻，一道黃白的身影從草叢裡撲了過來！

兩隻貓壓著耳朵弓著身、背毛炸起，一副老子撓死你的眼神看著對方，嘴裡發出警戒戰鬥時的那種嗚嗚聲。

鄭歎看了看晴朗的天空，天氣漸漸回暖，春暖花開的時節很快就要到了。自然界雄性戰爭又開始了。

正對峙著的兩隻貓，一隻是鄭歎看著長大的花生糖，也就是後來跳出來的那隻；而另一隻，剛才有些狼狽地從草叢裡滾出來的一副傻樣的傢伙，也是鄭歎看著長大的，被住在湖邊別墅區租戶馮柏金收養的虎子。

現在鄭歎雖然不常去湖邊別墅區，但偶爾去幾次，都能聽到不少關於這傢伙的糗事。

還是那句老話：猶記當年小清新。

長大了一個個都不省心！

當年被鄭歎從拆遷的老樓區那邊小巷子裡撈回來的那麼一丁點的小東西，現在長得比鄭歎要大一圈，沒辦法，這傢伙繼承了牠媽，也就是那隻豹紋貓的優良基因。小時候看不太出來，長大之後就感覺與普通的貓有那麼些區別，明顯是不同的兩種貓混種的。

以前聽二毛和秦濤說起豹紋貓的悲慘經歷時，好像在生虎子之前被賣到鬥貓場所過，那裡的貓都是凶悍貨色，大概虎子牠爹就是鬥貓場的某隻貓。

因為虎子這傢伙實在是太不安分，馮柏金沒有將虎子困在家裡，也關不住，虎子長大之後便開始閒晃圈地盤。而花生糖更不是個溫順的，黑米被二毛暫時帶走之後，花生糖隔段時間跑東教職員社區叫幾聲，剩餘時間都是在巡視地盤以及打架了。

現在，這兩傢伙的地盤產生交集了，產生交集的地點就在楚華大學這塊範圍，所以鄭歎時不時就會聽到兩聲與普通貓不一樣的貓叫聲。

據鄭歎幾次的所見所聞，這兩個傢伙打架的結果，一般都是花生糖勝出，而虎子這傢伙經常帶傷，但卻越挫越勇，每次傷剛好就跑出來繼續挑戰。

況且牠們每次打起架來的時候，周圍一定範圍內是沒有其他貓的，而很多小孩子對這兩隻打架時的貓叫聲也產生了恐懼感，別說小孩，就是一些大人們聽著也一樣。在很多人眼裡，貓的叫聲都應該是那種帶著撒嬌意味的喵喵聲，以及某些蕩漾的時節裡大晚上的那種個性的貓嚎，但這種打架時的叫聲是大家都不願意碰到的，就怕被波及，那一爪子過來可不是鬧著玩的。

察覺到鄭歎就在這裡，花生糖快速看了看鄭歎那邊，然後繼續和虎子對峙，似乎就等著對方不注意的空檔上去揮一爪子。

這兩隻貓繼續在這裡對著低吼也不是辦法，那邊幼稚園的老師們都已經注意到這裡了，她們雖然對鄭歎的防備減了很多，但對其他貓就不同了。這裡是幼稚園，傷著小朋友就不好了，即便沒抓傷，嚇到人也不行，最後吃虧的絕對是這兩隻。

於是，鄭歎從護欄的水泥臺上跳了下去。

落地的聲音並不大，以人的聽力很難察覺到，但對貓來說，這已經夠了。

正在對峙的兩隻貓聽到聲音看都沒看鄭歎這邊，撒腿就跑，再不快點跑會被鄭歎揍的。之前這兩隻打架的時候要是場地不對、鬧得太過，被鄭歎碰到的話就是衝上去一個一巴掌，要打架滾到其他地方打去，打架也得看地方、看場合。

看著那兩隻貓撒腳丫子溜掉，鄭歎也不打算追過去了，讓那兩隻繼續打去。他回頭走到圍欄邊、跳上柵欄的水泥臺上，看著卓小貓，這孩子剛才好像正打算說什麼來著，就被滾出來的虎子打斷了。

卓小貓也沒繼續去想那兩隻貓，他其實對其他的貓和狗都沒什麼太特別的想法，在他看來，鄭歎是哥，其他的貓只是貓，僅此而已。

雖然年已經過完了，但這並不影響卓小貓收到鄭歎給的壓歲錢的心情。將紅包小心的塞到外套裡面的一個小口袋藏好，然後和往常一樣開始了講述，這次說的是過年放假期間的一些事情。

因為沒其他親人在身邊，卓小貓過年都是被佛爺帶著的。簡單說了過年的事之後，卓小貓很高興的對鄭歎道：「黑哥，我媽媽要回來了！」

鄭歎突然聽到這個消息太過驚訝，算起來，小卓已經離開好久了。從他瞭解到的一些東西來看，小卓是去為國家做一些短期內並不會公開的研究，加入計畫之後的狀況與在學校申請的專案課題也是不同的，而且……小卓所參加的那個研究大概會對身體損傷很大，甚至危及生命。

具體怎麼樣，鄭歎並不瞭解，但他能猜到一些情況，就像學校裡的那些研究者們，有時候能聽到那些學生們八卦討論，誰誰的頭髮又變稀疏了，某某老師身體狀況欠佳，某某學生因為做哪類實驗得了啥病之類的事情。去年還聽焦爸說起某省農大動物醫學系的幾個研究生感染布氏桿菌病（注：人類通常透過接觸受感染動物的分泌物，或進食受汙染的肉類、乳製品等而遭感染，其病徵與流行性感冒相似。）的事故。

這類事情很多，相關學院每年都會專門主持一場關於實驗室安全的研討會，焦爸也經常對易辛他們強調實驗室內的安全。

好在他們這邊的實驗室和學生自習室是分開的，研究生們在實驗室做完實驗，洗個手、脫掉實驗服回到學生自習室休息，等要做實驗的時候再過去實驗室。然而，有些學校和課題組並不是這樣。

易辛他們幾個學長、學弟妹們在焦威他家的小餐館聚餐的時候鄭歎就聽說過，有些學校的院系裡，實驗室和學生自習室在同一間房內，這頭實驗臺上正做著ＰＡＧＥ（注：聚丙烯醯胺凝膠電泳，核酸和蛋白質實驗常涉及。），那頭學生們要麼看著書、要麼盯著電腦忙得high，這狀況跟自殺沒兩樣。

而化學物理實驗中，有一些實驗對身體傷害也是很大的，就像很多人知道的有毒試劑、重金屬感染和輻射問題。

現在小卓能安然回來的話，確實是一件令人高興的事情。

難怪今天卓小貓的心情這麼好，雖然每年他都有幾次機會可以母子遠端視訊，但每次的時間都不長，而且視訊上見面與生活中見面是不一樣的。

鄭歎正替這對母子倆高興，就聽卓小貓後面又繼續道：「不過要等到我讀一年級才行。」

鄭歎：「……」敢情這還沒到時間呢。

以卓小貓現在的知識程度，讀小學一年級一點兒問題都沒有，但是年齡太小。而且，這不是他直接讀一年級就能解決的問題，主要在小卓那邊。

不過，依卓小貓的說法，小卓明年下半年就會回來，一年多的時間而已，很快就過去了。

在聽卓小貓抱怨了一會兒「為什麼不能現在就上一年級」之後，對了個掌，鄭歎便離開了，卓小貓他們那邊室外活動時間結束，得進教室了。

◆◇◆◇◆◇◆◇◆

鄭歎打算去校園外散散心，便往老街那邊過去。

在小柚子她們學校門口看了一會兒，然後繼續走，慢悠悠出了老街，來到恆舞廣場的時候，快中午了。

一些小吃店裡散發出來誘人的食物香味，鄭歎想著，都這個時間點了，也懶得回去學校到焦威他家餐館蹭飯，便熟門熟路的來到恆舞廣場一處，看著大大的「食味」兩個字，發現現在餐廳裡已經坐著很多人了。他轉到餐廳後面，爬上二樓一處窗戶，窗戶沒鎖。

窗戶的防盜網並不密集，鄭歎能從這裡擠進去，他拉開窗戶，跳進室內。

蔡老闆不在這間休息室裡，不過看茶杯裡的茶水和溫度就知道，他剛剛還在休息室裡，大概有什麼事才臨時出去了。

辦公桌上的電腦開著，電腦前還放著幾份資料。

鄭歎跳上辦公桌，看了看上面的資料。

蔡老闆他們可不會將涉及到商業機密的東西留在這裡，這邊的人太雜，也不保險，所以一般放在這裡的都是一些不算太重要的東西。不然鄭歎也不會上去翻，他可沒興趣去偷看人家的商業機密，畢竟知道得越多越危險。

放在蔡老闆辦公桌上的是幾份價目表，以及一些鄭歎看著眼暈的說明。

看上面的各種菜價行情，再看看電腦上正開著的往年菜價表格，鄭歎才發現跟著焦爸吃學校餐廳以及在焦威那裡吃白食的時候還不覺得什麼，而一看到這上面的數字對比，才知道菜價物價漲了這麼多。

成本上漲，餐廳裡的菜價應該也上漲了，上漲了還有這麼多顧客，就證明食味的人氣確實不錯，鄭歎一路沿著老街走過來這邊可見到不少餐廳，那些店裡的人潮未必趕得上食味。不得不承認，食味的料理確實不錯。

菜價行情的下方還有幾份供應商列出的批發價，鄭歎只是抬頭掃了眼最上面的一張紙，便沒再繼續看了，等著蔡老闆啥時候回來，這樣他的午飯也能解決了。

沒讓鄭歎等多久，響起鑰匙開鎖的聲音，蔡老闆拿著一份資料夾進來，不過他看上去好像有些煩惱，眉頭蹙著。跟在蔡老闆後面進來的是餐廳的經理，一個有些富態的中年人。

見到鄭歎，蔡老闆一笑，「喲，黑碳來啦，新年快樂啊！」

隨即蔡老闆走到辦公桌前拉開抽屜，將一份整理好的資料遞給那位經理，「先按這個來吧。對了，待會兒讓他們送兩份飯菜過來。」

「好的老闆。」那位經理早就習慣了鄭歎的存在。

等經理離開之後，蔡老闆躺坐在電腦椅上，捏了捏鼻梁，對鄭歎道：「當貓真好啊，什麼都不用操心。」

鄭歎：「……」好個屁。

看得出來蔡老闆最近事務繁忙，所以才會說出這樣的話。

對蔡老闆來說，他不怕忙，但同樣的時間，他可以一連幾天待在廚房裡琢磨菜式，也不願意去處理那些文字業務合約。在南城那邊的時候請人幫過忙，而現在，幫手沒那麼多了，蔡老闆自己手上的工作會更重一些，也占用了他更多的時間。

大概過年以來，蔡老闆沒啥機會找人抱怨，所以對著鄭歎就忍不住多說了幾句。話不算多，但能讓鄭歎體會到這位老闆的心情。

蔡老闆原本還打算空出點時間再琢磨兩道菜式。從個人興趣喜好上講，琢磨菜式能滿足蔡老闆的興致；從餐廳業績上講，總得不斷推出新貨，才能更吸引顧客、留住顧客。就像蔡老闆擱在桌子上的一份資料上所寫的——

「顧客滿意度與財務業績有著正相關，員工滿意度與顧客滿意度有著正相關，顧客滿意度對員工滿意度和財務業績的關係具有間接影響的效果。」

搞定了顧客，其他不是問題。

恆舞廣場這邊競爭這麼激烈，大家都使勁琢磨著怎麼讓周圍那些年輕人將口袋裡的錢多掏點出來。作為老闆，蔡老闆自然也是這種想法，畢竟這能直接反映出人們對他們餐廳料理的滿意與否，即便食味現在的人氣已經很不錯了，但也不能大意輕心，還得趕緊抓住機會將招牌打出去。

現在有些找不到位子的或者趕時間的顧客會提前預定外帶的套餐，到時間點了自己再過來拿，畢竟這裡還沒有外送業務。

吃過午飯，鄭歎沒有立刻離開，他看著蔡老闆喝了點茶水之後便繼續開始工作。他打開了電腦裡的一個資料檔案，上面是年後新推出的菜式，鄭歎剛才的午飯裡面就有其中之一，吃起來感覺挺不錯，能滿足這邊人的胃口。

另外一個檔案裡面是一些餐廳名稱，遍布於楚華市各個鎮區，這好像是蔡老闆的日記一般，有些餐廳後面有相關記載，如：某年某月某日什麼時候於XX餐廳吃了幾道什麼菜，每道菜的感想和自己心中的評分等。這是蔡老闆的興趣之一，很早以前他就有這個習慣了，他手頭有個隨身記錄本，記錄之後再整理到一起保存下來。

除了到處品菜這事之外，蔡老闆似乎還打算挖幾個廚子來，總之夠他忙的了。

在蔡老闆的休息室這邊待了一會兒之後，鄭歎便打算離開，沒有走樓梯，畢竟這裡是吃飯的地方，現在餐廳裡還有很多客人，鄭歎不好往樓梯那邊走，再說了，翻窗戶更方便也更快一些。

看著吃飽喝足熟絡的翻窗戶開溜的黑貓，蔡老闆笑著搖搖頭，然後繼續處理手頭的幾份資料。他知道店裡有人私下裡抱怨將那麼好的飯菜給貓吃太過浪費，而且這還不是老闆自己的貓，也不會在餐廳裡抓老鼠，簡直就是吃白食。

為此，蔡老闆並沒有解釋過原因，有些事情沒必要讓別人知道，而且他覺得那隻黑貓也挺好的。他並不覺得那隻黑貓像員工們私下抱怨的那樣嚐不出好壞味道，他對別人吃飯時細微的表情與眼神變化很敏感，能從中推測出對方對菜色的滿意與否，而那隻黑貓吃菜的時候也會有一些細微的表情變化，很像人，而其他的貓沒有。

就像葉昊他們說的，這隻黑貓是不同的，不能以常理論之。

在蔡老闆分析剛才鄭歎吃那道新菜式的表情的時候，鄭歎翻窗戶下樓，準備走人，沒想到剛走幾步就聽到有人喊他的名字，回頭看過去，馮柏金正從食味裡面走出來。

馮柏金今天中午下課之後便過來食味這邊吃飯，他很喜歡這邊的料理，可預訂的時間太晚，訂單號碼靠後，過來等了一會兒才拿到菜。反正下午沒課，他等得起，也沒在這裡吃，餐廳早已客滿了。沒想到提著飯菜走出來就看到熟悉的貓影，他喊了聲確定一下，還真的是。

知道那隻黑貓經常往這邊跑，熟人挺多的，馮柏金也沒多想，將飯菜放進電動車車箱，準備回去，抬頭就看到那隻黑貓朝自己跑過來。馮柏金第一個想到的就是放進車箱的飯菜被貓惦記了，不過，在看到鄭歎跳上車座後卻沒有去撓車箱，便不再說什麼，他明白道這隻貓想搭便車。

吃飽了，鄭歎有些懶洋洋的，不想走，本打算再慢悠悠晃回去的，既然碰到馮柏金，也就不打算繼續走了，搭個便車。

馮柏金騎著電動車進了楚華大學，既然後面那隻貓沒下車，便繞道去東教職員社區那邊，經過一條道的時候，旁邊的樹林裡傳來兩聲貓叫。

鄭歎一聽就知道是哪兩隻了，而馮柏金顯然也知道。

停下電動車，馮柏金朝林子那邊喊：「虎子——吃飯了——」

為什麼不喊「回家了」？因為馮柏金深知，「回家了」的吸引力絕對比不上「吃飯了」這三個字，只要喊「吃飯了」，就算虎子正打得興起，也會立刻過來。

果然，馮柏金一喊，那邊正響著的充滿攻擊意味的貓叫便停止了。

鄭歎已經從車上跳下來，這裡離東教職員社區不遠了，沒必要再占著地方。

「嗖——」

灰黑色的身影從草叢裡飛快的躍了出來，相比起上午鄭歎看到的樣子，現在虎子身上多了兩條抓傷。本來攻擊力就略遜於花生糖，毛還短，沒多少防禦力，這也是為什麼這傢伙十打九輸的原因。

馮柏金看著虎子身上的傷，相當無奈，傷口不深，關家裡休養幾天就行了，虎子這傢伙傷癒能力強。

馮柏金是第一次自己養貓，而養貓的經歷總結起來，滿滿都是淚，撓桌子、撓門、摔東西早已見怪不怪了，至於很多人說貓會送禮，馮柏金肯定會「呵呵」兩聲，你能想像大清早起來發現枕頭邊放著一隻被玩死的肥老鼠的心情嗎？

那感覺簡直……

本來懷疑是家裡有老鼠，但家裡被打掃得很乾淨，不應該有這麼多老鼠，負責家務的李嬸還納悶呢！直到有天她在社區裡散步，一個住戶看到她還笑著打招呼說：「妳家的貓可能幹了，把我家老鼠抓得一隻不剩。」
馮柏金正想著，虎子已經跳上車座，扒在電動車車箱上叫。
「回去吃你的貓糧，這裡頭的東西不適合你吃，味道太重。」馮柏金將扒在電動車車箱上的貓抱起，放在車籃裡。
虎子也配合，蹲在車籃裡，下巴擱在車籃邊，俯視著從草叢裡跳出來的花生糖。
花生糖盯著那邊，尾巴大力甩動著。
貓搖尾巴跟狗搖尾巴的意義不同，狗搖尾巴多半是心情不錯，高興才搖，而貓卻並非如此。貓搖尾巴的意義很多，不同幅度、不同力度都反映著不同的心理，可能是在琢磨小心思，也可能是在生氣，比如花生糖現在，搖尾巴的情況肯定是後者。
馮柏金正跟鄭歎和虎子說著別亂吃死老鼠之類的話，一看到花生糖，他話也不說了，直接騎車走人。
馮柏金每次看到花生糖都繞遠道，沒辦法，他家虎子拉了仇恨值，連帶他自己也跟著遭罪。花生糖能追車追老遠，馮柏金電動車上那幾條爪痕就是花生糖撓的，馮柏金家裡的人一直以為是虎子，要不然得更擔心。花生糖那傢伙連小郭的帳都不一定買，更別提沒啥關係的馮柏金了，每次都讓馮柏金膽戰心驚。
不過，大概是看鄭歎在這裡，這次花生糖沒追車。

馮柏金他們離開後，花生糖也不再是那一副人畜勿近的樣子，又變成無害的乖乖貓，走到鄭歎眼前來打算蹭蹭。鄭歎沒理牠，撥了下花生糖身上的長毛，沒看到有傷口的樣子。

至於馮柏金說的別吃死老鼠，花生糖好像真的沒碰過那個，從小就沒碰過，不知道是不是也能聞出不對來。

說起滅鼠藥毒死的死老鼠，早些年焦爸為了防止鄭歎跟生科院裡那兩隻吃了滅鼠藥毒死的死老鼠而喪命的貓一樣，還對鄭歎做過培訓，從幾種滅鼠藥到毒死的死老鼠，鄭歎都瞭解一些。焦爸還解剖過幾隻不同滅鼠藥毒死的死老鼠，鄭歎全程旁觀，但也噁心得夠嗆。後來知道鄭歎從來不吃老鼠之後，焦爸也不再去擔心那個了。

農村裡養貓的人多，貓、狗等很多都放養，連小孩也是半放養狀態，為了避免一些意外，用滅鼠藥的也不多。但城市裡用的就多了，本來居住密度就大，鄰居關係也不那麼好，自家不用，其他家用的就多了，誰管你家是不是養了貓。所以，放養貓的人大多都會擔心毒老鼠的問題。

不過，好的是社區裡面好像基本上沒人使用滅鼠藥，被毒的貓都是跑遠了才出狀況的。

◆◇◆◇◆◇◆◇◆

這日，鄭歎中午又溜達到食味，翻窗戶進入蔡老闆的休息室。

蔡老闆正在整理一份文件，盯著電腦螢幕手指敲擊著鍵盤，聽到窗戶那邊有聲音才看過去。

「喲，黑碳來啦。」說著，蔡老闆將辦公桌上堆積的一些列印資料整理了一下，空出地方。

鄭歎本打算往書桌那邊跳過去的，但正準備跳的時候，突然頓住，收回腳，使勁在空氣中嗅了嗅，分辨著室內的氣味。

蔡老闆看著鄭歎這模樣也感覺奇怪，以前這隻黑貓翻窗戶進來後就直接跳椅子上或者跳桌子上，現在這是怎麼了？

鄭歎往蔡老闆的辦公桌那邊聞了聞，又聞聞其他地方，往後退了點，蹲在窗臺上思考。不論蔡老闆怎麼說，鄭歎就是不往裡走。

蔡老闆很疑惑，而且他從窗臺上那隻黑貓的眼裡看到了讓他感到不安的眼神。

「黑碳，你怎麼了？」

蔡老闆不由得從電腦椅上站起身，走到窗戶旁邊，往外看了看，沒有任何特別的，再瞧瞧窗臺上的黑貓，視線依舊緊盯著室內，像是裡面有什麼可怕的東西似的。

「黑……黑碳？」

蔡老闆又叫了聲，聲音中帶著的不安和焦躁感更深了。他不由得想起在南城的時候遇到的一些事情。商場如戰場，明爭暗鬥，不擇手段的事情多了去了，他對那些並不在行，很多時候也是靠那邊的朋友幫忙解決，後來事情就少多了，一直到現在再次發生異常狀況，蔡老闆又回想起了曾經遇過的一些事情。

他現在沒有幫手，餐廳裡的保全方面也有待加強。過年時他回南城，在那邊找了一些朋友幫忙介紹可靠的人，但還需要一段時間他們才能過來上任。

到底怎麼了？

蔡老闆一直覺得動物對危險的感知力比人強，再加上他知道這隻黑貓與眾不同，所以從心理上更相信牠，也正因為如此，他現在才不由得忐忑。未知的危險讓人難以平靜下來。

鄭歎不是不想理會蔡老闆，他只是在思索。待在窗臺上，窗戶都沒越過去。他聞到了一些氣味，而從蔡老闆的表現來看，這人似乎並沒有察覺到。

這種氣味並不重，可以說是很難辨別出來，以人的嗅覺基本上是聞不到，就算是鄭歎現在比一般人類靈敏得多的嗅覺，也只是覺得有那麼點氣味而已。而且，鄭歎沒聞過這種氣味，但卻有種熟悉感，應該是以前聞過類似的。不管是聞過的還是沒聞過的，都讓鄭歎感到危險，是直接扭頭就走、唯恐避之不及的那種。

正想著，那邊蔡老闆見鄭歎一直沒什麼反應，便伸手過來想戳鄭歎一下，讓鄭歎回神。

但鄭歎抬頭看到伸過來的越來越靠近的手指時，急忙往後撤，可惜背後沒多餘的窗臺空間，腳打了個滑差點從二樓窗臺掉下去，要不是他反應快，扒住了窗臺邊沿，那就難說了。

見到鄭歎這樣子，蔡老闆看了看自己的手，心裡更加忐忑不安，平時雖然說這隻黑貓並不怎麼平易近人，但偶爾輕戳一下也行的，不會像現在這種如躲避瘟神一般的樣子。不知道是不是他想多了，但越來越不安的心緒是真的，也無法鎮定下來想多少事情。

沉默了幾秒之後，蔡老闆打了通電話給店裡的經理，下午餐廳歇業休整，就說內部改裝，下午預訂的客戶會依次打電話過去賠罪，想退款的退款，不退款的有另外的賠償或者往後延期。該怎麼處理經理肯定知道，不然也做不了經理之位。

打完之後，蔡老闆又接連打了幾通電話，鄭歎聽著，應該是蔡老闆要請人過來看看這邊。其實蔡老闆也可以悄聲找人來先查一查，讓餐廳繼續營業。可是他怕，一旦出個什麼事情，這間餐廳就全毀了，損失可不是一下午的收益所能比的，那是他這些年的心血。

當然，蔡老闆並不擔心是菜的問題。他曾經在南城遇到過一些栽贓陷害，所以在廚房的清潔上下了很大的功夫，不論是採購、還是採購回來的菜都有專人負責，菜送來之後也會有專門的人負責檢測農藥殘留，連自來水都查，根本不會發生飯菜中毒的事情。

剛才打電話的時候，蔡老闆就再次詢問採購那邊負責檢測的人，確定近期那邊的煩惱只有供貨不足和價格偏高，除此之外沒有其他問題。

如果不是飯菜方面，那麼到底是哪方面？是針對食味，還是針對自己本人？蔡老闆敲了敲額頭，想著各種可能。他比不上其他人精明，想不出辦法，便打算出去走走，走到門口又停住，回頭看向窗臺那邊，問：「黑碳，能幫個忙嗎？」

鄭歎站在窗臺上糾結了一下，他大概猜到蔡老闆想讓他幹什麼了。他本打算直接開溜回楚華大學那邊去焦威他家小餐館吃飯的，但聽到蔡老闆的話，鄭歎猶豫了。

說起來，蔡老闆確實對他挺好的，每次過來都好吃好喝供著，他霸占著沙發睡一下午，蔡老闆也不會說什麼，更不會趕他。這樣一想，鄭歎覺得自己開溜的話實在有夠沒心沒肺的，既然對方對自己好，現在有了困難幫對方一把也是應該的，再說了，這個忙也不算是什麼大忙。

鄭歎沒有從休息室的門口離開，雖然從這裡走出去也不會有什麼問題，但鄭歎就是心裡過不去，直接從二樓翻下去，在餐廳門口等蔡老闆。

現在餐廳裡正是高峰期，人來人往的，顧客中有人認識蔡老闆，但並不多，見到後也只是簡單的打個招呼。

蔡老闆感覺自己臉上笑得肌肉都僵了，誰都不知道他現在心裡有多難受。看到門口不遠處的黑貓後，蔡老闆心裡才微微鬆了口氣：這貓沒直接走掉就好。

店門口已經掛上了下午歇業整修的牌子了，有不少人詢問，經理都禮貌的笑著解釋。一切都還算正常。

蔡老闆帶著鄭歎走進店門，從靠邊上的地方走了一圈，這時候很多人都正吃得興起，或者盯著手上的菜單，或者跟同伴聊著一邊等菜。鄭歎靠牆走，還有蔡老闆擋著，注意到他的人很少，也沒幾個人有興趣多看。

鄭歎對周圍的人並不在意，他仔細辨認著屋子裡的氣味，不知道是菜味太濃太香壓過去了，還是本來就沒有，總之鄭歎聞不出蔡老闆休息室的那種氣味。

在一樓大廳走了一圈，然後上樓梯來到二樓。二樓有很多隔開的小包廂，坐在小包廂裡的人不會注意到鄭歎，也只有在走廊裡走來走去的人才可能注意到。

這時候蔡老闆也不去計較那些了，有個認識的人還問蔡老闆怎麼讓一隻貓在這裡走，蔡老闆編了幾個理由搪塞，對方也不是真的計較這些，便沒多問。

鄭歎在二樓走了一圈，和一樓一樣，並沒有聞到那種氣味，他覺得應該是那種氣味太淡了難以辨別，大概被飯菜的香味壓下去了，而且走來走去的人這麼多，各種氣味混雜，辨認不出來也說得過去。

想著是不是自己沒辦認出氣味，鄭歎的腳步突然一頓，看向旁邊的一張桌子。

蔡老闆看著鄭歎從一樓到二樓都沒什麼特別的反應，心裡放鬆了很多，這麼說吃飯的地方還是沒什麼問題的，顧客們也不會有影響。莫非真的只有自己的休息室有問題？真的有人要費盡心思對付自己？

又開始左思右想的蔡老闆見到那隻黑貓突然頓住，看著旁邊那張擱置物品的桌子。這張桌子並不靠近二樓吃飯的地方，放在這裡有時候是為了更方便回收餐具，這裡放著的多半都是員工們的東西，而這裡也靠近員工休息室。

難道是員工的問題？

鄭歎也想著是不是哪個員工對蔡老闆有意見而特意陰蔡老闆一把，但走到員工休息室門口也沒聞到那氣味，他還跟著蔡老闆進裡面走了一圈，把正在休息的兩個員工嚇得立刻站起來了，生怕老闆覺得自己在偷懶。

員工休息室，也沒問題。這樣的話……

走出員工休息室的蔡老闆看了看旁邊關著的小房間，那裡面是打掃清潔的人休息的地方，由於人數並沒有服務生多，所以這房間並不大。

打開門，鄭歎跟著蔡老闆走進去，此刻裡面只有兩個等著換班的中年婦女，邊上擱置著各種清潔用品的架子，每個清潔工都有她們自己的櫃子，裡面放著餐廳裡發的清潔用具，不同的人負責不同的地方，哪裡出了問題就找那個時段負責該處的人。

見到蔡老闆，兩位清潔工很是拘束，看上去並不是那種很會拍馬屁的油嘴滑舌的人。去年年底的幾個月她們都做得很好，並沒有出什麼問題，而且以前有不少這方面的打掃經驗，也沒有受到前任老闆的訓責，能看出這幾人以前做清潔工作是做得很好的，不然也不會留用到現在——今年食味並沒有清潔工的人員變動。

蔡老闆僵著笑跟兩位清潔工說著話，知道其中一個是早上打掃過自己休息室的人，仔細看的話，還是能看出這人眼裡露出的一點兒心虛，但蔡老闆並不覺得這人會害自己。一些人會私下裡撈點好處，只要在接受範圍內，蔡老闆是不會去追究的，這也是一種平衡手段。

跟清潔工聊著的時候，蔡老闆也注意著鄭歎那邊的動靜，直到看到鄭歎停在一個櫃子前。

「那個櫃子是誰的？」蔡老闆指著那個櫃子問道。

「老闆……是我……我的。」

出聲的是那位早上負責打掃蔡老闆休息室的清潔工，看上去很緊張。蔡老闆再好的脾氣現在也憋不出笑臉了。

「把櫃子打開。」蔡老闆說道。

兩位清潔工以為老闆在查勤，做個突擊檢查，看看「裝備」也說得過去，但那位清潔工臉上顯露出驚慌的神色，蔡老闆平靜的一張臉已經黑下來了。

那位清潔工打開櫃子，給蔡老闆看了裡面的清潔工具，同時也主動認錯，她將餐廳裡發的清潔劑賣了，用的是自家的廉價清潔劑。店裡統一發的都是品質很好的清潔劑，價錢也比一般的清潔劑要貴上十倍。

鄭歎著看那位使勁認錯的中年婦女，她說的話應該是真的，但鄭歎自己也確實從這裡聞到了那種氣味，這人的櫃子和別人的櫃子氣味不同，他剛才都不想靠近。

鄭歎看向那位中年婦女的手，那是一雙勞動的手，老化、褶皺，顯示著這人經常做著底層的一些工作。同時，鄭歎也注意到，這位清潔工緊張得絞著的手指，指甲上有白色的條紋，不同於正常人手指上的指甲半月痕。

用焦爸他們說的那種專業叫法，那叫米氏線。

其實鄭歎進來時就聞到了那股讓他很不舒服的氣味，比蔡老闆休息室的氣味要稍微濃一些，而氣味的源頭就在那個滿是緊張的清潔工身上。看看那位清潔工的指甲，鄭歎不知道這位大嬸到底知不知道她自己正處在一個很危險的狀態。

除了清潔工具之外，餐廳裡都統一發了清潔服和鞋子等，正在上班的清潔工會將自己的衣服放在衣櫃裡，鄭歎能夠從衣櫃裡聞到更濃的氣味。當然，只是相對而已，以人的嗅覺來看，未必能夠辨認出來。

鄭歎不可能將這些向蔡老闆詳細說明，而現在蔡老闆也已經意識到那瓶清潔劑可能有問題，所以很快採取了行動。

下午食味歇業，大門緊閉，外面的人走過時都能聽到裡面一些敲敲打打的聲音和電鑽的鑽動聲，看看掛在外面的整修牌子，大家也沒多想，很多店鋪都會在工作日整修，以便趕上週末更好的盈利。

食味內部，也確實在動工，之前蔡老闆就察覺到了一些需要小修的地方，格局也要稍微調整一下，畢竟不同的地方，人們的習慣也有著差異，剛好趁著這次機會一起整理了。他的休息室是整修的主要地方，徹底清理也要重新裝修。

鄭歎下午並沒有回去，就待在這裡看著蔡老闆找人幫忙。

蔡老闆拿著檢測結果的時候手都有些抖，那幾種毒性很強的重金屬看得他心慌，在清潔劑中檢測到的結果說有一部分殺蟲劑在內。

現在很多人種菜殺蟲都不會用那些含重金屬的了，很多國家甚至早已減少或停止使用，不過還是有些地方在使用。至於這種殺蟲劑怎麼跑到清潔工自己的清潔劑瓶子裡，連清潔工自己都不知道。

「真要想害你的話，就不是噴這種清潔劑了，那樣毒性會降低很多，噴這裡也見效慢。要想達到目的，直接噴殺蟲劑更好。」那位幫忙檢測的朋友對蔡老闆說道。

照那位清潔工的說法，她覺得蔡老闆這人不錯，自己私下裡貪了小便宜過意不去，清潔的時候還專門幫蔡老闆落了點灰塵的鍵盤、電腦都使勁擦了擦。這也是鄭歎躲開蔡老闆手指的原因，因為蔡老闆手上也有點那種氣味。

想一想，如果將用在這裡的那瓶清潔劑換成那種沒什麼氣味的殺蟲劑的話，蔡老闆每天要接觸的電腦、鍵盤、辦公桌、沙發、窗戶等等地方都會布滿「毒」，在這樣的房間裡長期生活，誰聽著都會忍不住顫幾下。

「別擔心啦！可能是意外吧。不過，不管怎麼說，這事你還是仔細查查的好，心裡有個譜。當然，如果真的是意外的話，只能說你今年有點兒衰。老蔡，今年是你本命年吧？」

那人只是隨口一說，沒想到蔡老闆還真的認真的點了點頭。

對方張了張嘴，最後只能沉默，雖然他平時跟人開玩笑的時候也會說本命年特衰的話，但心裡並不那麼認為，他不相信那些，因為他自己的本命年就沒啥大起大落的。不過，蔡老闆這裡就不好說了，這種事情都能碰到，好在發現及時、沒鬧大。

休息室重新清洗整修好之前，蔡老闆在食味二樓臨時隔了個房間，等到時候休息室那邊裝修整理好了、通風一段時間後，再將這個隔間拆了。

至於調查事情，蔡老闆在楚華市沒多大的人脈，沒啥根基，如果真要往深裡調查一些事情的話，找本地人自然是最好的。

於是，蔡老闆去找了葉昊。

◆◇◆◇◆◇◆◇◆

當初舒董特地拜託過的，葉昊自然也要給點面子，再說這事只是個小忙而已，費不了多大事。

鄭歎在一週後知道了結果，和蔡老闆那位朋友說的一樣，這件事確實只是個意外。

那個清潔工的老家就在市郊，清潔工家裡有人在製造清潔劑的工廠上班，過年發的都是大瓶裝的清潔劑，為了節省，使用的時候還會專門分裝點出來、倒入噴水器裡稀釋一下再用。她家旁邊有人包了一片地做花圃種花的，殺蟲劑也是那人家裡的，只是今年一場雪災損失不少，那人不打算再種花了，搬走一些東西之後便關了門。

過年那幾天，清潔工家裡也熱鬧，大人們顧不上的地方多了去了，有小孩翻到花圃那邊找到幾個瓶子，而巧的是，他們那地方有個生產這種噴水器的小塑膠廠，大家用的壺都差不多，但那幾個小孩不知道，覺得噴水器的液體顏色看起來差不多，還以為跟自家的清潔劑是一樣的東西，便拿回去了，還到處噴了一些，因為沒什麼很重的氣味，大家也就沒在意。

後來小孩沒玩了就直接放在桌子上，之後又有人誤以為那是自家的清潔劑，想騰出幾個瓶子裝別的，便全部集中到一個大瓶子裡了，啥時候想用就從大瓶子裡面倒。那時候大人們太忙，這工作是讓小孩做的，小孩也沒注意那瓶殺蟲劑和自家清潔劑黏度的不同，直接倒進未稀釋的大壺裡之後就跑出去玩了。

也正因為這樣，從那時候開始，那個清潔工家裡使用的清潔劑全都是混雜了殺蟲劑的，雖然混雜後的殺蟲劑毒性降低很多，但屋子裡，尤其是那位清潔工居住的房間裡，之前那個從花圃拿來殺蟲劑的孩子可是到處噴過的，那上面的毒性就要大多了。

這是一個慢性中毒的過程，平時的呼吸、皮膚接觸等等，都會讓他們中毒。只是在這個過程中，清潔工並沒有注意到或許自己已經有一些中毒的症狀。

年後，過了一段時間，清潔工來市區裡，也帶了兩瓶分裝的清潔劑，到食味做清潔做了一段時間，因為家裡人生病，手頭又拮据了，便將主意打到餐廳裡發的高價清潔劑上。而清潔劑才換沒幾天，就被鄭歎碰上了。

殺蟲劑、殺鼠劑，這是焦爸曾經為鄭歎「上課」時提到過的。那天馮柏金提到死老鼠，也讓鄭歎回想起了幾年前的記憶，這才能在翻窗戶的那一刻迅速意識到威脅，只是一時沒確定到底是什麼而已，畢竟殺蟲劑、殺鼠劑的種類很多，有些即便看上去一樣，人們聞著也差不多，但以貓的嗅覺還是能分辨出不同的。

葉昊知道真相後跟蔡老闆聊起來時還感慨：「事情總讓那傢伙碰到，惹事精。」

葉昊口中的「那傢伙」和「惹事精」很顯然指的是鄭歎。要是鄭歎在場的話，葉昊未必會說這些，不過當時鄭歎不在。

蔡老闆並不覺得是鄭歎的問題，這次的事情本就是意外，發生在自己身上只能自認倒楣，就算用在自己休息室的清潔劑毒性不大，但要是時間長了呢？誰能保證依舊安然無事？再說了，他開的是餐廳，這類店鋪最害怕的就是跟「毒」扯上，稍微有點事就能影響到整體。

「牠那不是惹事，是擋災。」蔡老闆說道。

葉昊回想了下以前的事情，還別說，真有那麼點感覺。說起來，自打食味開了之後，那隻貓也好久沒來凱旋了，啥時候碰到讓那隻貓過來走一圈，看能不能將某些潛在的災禍擋了。

鄭歎壓根不知道葉昊有那想法，蔡老闆那邊出了這件事之後，他去的次數也少了很多，以前隔兩天就過去蹭一頓，現在一週過去一次。倒不是鄭歎害怕蔡老闆那邊毒性未消，他從蔡老闆那位負責檢測的朋友那裡知道休息室的清潔劑毒性其實並不大，只是當時那氣味讓他想到某些不太好的東西，感覺到威脅而已；而現在，鄭歎往那邊跑的次數少，是因為蔡老闆的那個隔間太小，堆的東西太多，在那裡吃飯不怎麼方便。

蔡老闆每次看到鄭歎都很熱情，鄭歎去的時候他都讓人準備飯菜好好招待著。蔡老闆覺得，有這隻黑貓在安心多了。

那位清潔工被辭了，蔡老闆看著對方家裡有幾人慢性中毒，醫療耗費也大，所以該結算的薪資都沒扣，也沒追究賠償。對方也知道什麼話該說、什麼話不該說，離開之後不會跟人提起食味這邊的事情。如果換作是葉昊，絕對不會就這麼輕易揭過的，即便這只是個意外事件。

第二章
安靜的老貓與活躍的小貓

這日，鄭歎跟著焦爸混了兩天學校餐廳，蹭了三天焦威家的小餐館，想換個口味，又跑食味來了。吃完午飯之後，他也沒多待，打算回家裡去偷偷上網，看網友們刷帖罵年前進局子的某趙姓明星，現在也沒誰再繼續稱他「公子」了，取而代之的是「偽君子」這個詞。

過年那時候因為雪災，大家的注意力不在這上面，事情一過，幾個跟某「公子」有仇的人又開始掀浪刷存在感了，鄭歎無聊的時候也過去旁觀一下罵戰。

沒想到，鄭歎剛走兩步就又被人叫住了，這次不是馮柏金，而是好久沒見的二毛。

二毛元旦那天正式當爹了，如願以償，有了個女兒，因為是元旦出生，所以小名叫元元。還有人打趣這父女倆，一個是二毛，一個是二元，加個「錢」字的話，這價值就差十倍了。

二毛這次過來這邊是來送請帖的，他女兒的百日宴，這邊的幾家得自己過來跑。衛稜和焦爸那邊也送了帖子，他剛從凱旋送了請帖過來，買點吃的。他知道食味的料理不錯，只是他走這邊走得少，難得過來一次就買了，待會兒還要過去湖邊別墅的姑婆那裡，索性買了之後外帶一起提到那裡跟姑婆分享一下。

那位姑婆一把年紀，胃口卻相當不錯。

「黑煤炭，走，一起去看看姑婆。」二毛坐進車裡，朝鄭歎招手。

鄭歎猶豫了一下，他不怎麼想去面對那老太婆，不過可以坐二毛的車順道去那邊看看虎子。那傢伙前幾天跟花生糖打架又輸了，這兩天沒出來，聽馮柏金說傷得比以前厲害，估計得在家多休養一段時間。

二毛現在換了輛車，已經不是以前那輛不起眼的車了，以前二毛開車只是為了自己方便，現在開車時不時還要載老婆和孩子，對安全性能要求高很多，畢竟有那個財力，不買輛好一點兒的車也說不過去。

鄭歎在車裡看到了很多小孩的用品，還有股奶味。

二毛的心情不錯，路上一直說著他女兒二元的事情。不過，不管二毛將女兒誇得有多可愛、多惹人喜歡，但因為鄭歎沒親眼見過，不發表意見。

到湖邊別墅區後，鄭歎沒有再待在車上跟著二毛去老太婆那邊，而是往馮柏金那裡過去。剛靠近屋子，鄭歎就聽到馮柏金在咆哮。

「你要是再咬老子的傳輸線，老子就把你的老虎玩具扔掉！知道嗎？是徹底扔掉！」

馮柏金今天只有上午有課，但卻全部蹺了。現在的安排，上午的課馮柏金是前兩節課必逃，後兩節課選逃，就看睡到什麼時候了。按照楚華大學的規矩，大一大二的早上還有早操，馮柏金基本上不去。

從小學到高中都得做早操，上大學了還做操？操個蛋！要扣分就扣去，隨意。

今天馮柏金上午一直在睡覺，昨晚玩遊戲玩得太晚，今天起不來，可等他起來就發現，擱在電腦桌上的傳輸線又被咬了，本來想下載幾首歌到MP3上，現在看來只能再去買條新的。

至於馮柏金所說的「老虎玩具」，這個鄭歎也知道，當初他將還是小不點的虎子從拆遷的巷子裡撈過來的時候，就是他把那個毛茸茸的老虎玩具放在虎子旁邊的，後來虎子直接將它當成自己的玩具了，搬窩也要把玩具叼過去，睡覺有時候也抱著玩具睡。跟小時候一樣，牠長大了這習慣也沒改。

擔任保姆工作的李嬸每隔一段時間就將那隻玩具老虎拿出來洗一洗，然後晾在陽臺上，而每當這時候，虎子就會蹲在陽臺上守著，隔會兒就往陽臺的晾衣架上看看，生怕玩具被扔了。

屋子大門開著，鄭歎沒翻窗，直接走了進去，李嬸正在拖地，看到鄭歎也沒說什麼，繼續拖地，鄭歎已經是這裡的常客了，並不稀奇。

二樓馮柏金的房間，鄭歎過去的時候看到，虎子趴在牠自己的窩裡，兩隻前爪緊緊抱著那隻老虎玩具，不讓馮柏金將玩具拿走。

馮柏金扯了扯那隻老虎玩具的虎頭之後，便哼了一聲，鬆手放開，虎子趕緊將玩具往窩裡又挪了挪。

「這次就算了，下一次我就算不扔你的玩具我也會將它分屍！看你睡覺還抱什麼！分屍知道嗎？！」

類似的話鄭歎聽得多了，每次都是「你再……我就……」開頭，過會兒就變成了「這次就算了，下一次……」結尾。

虎子身上確實有幾條傷痕，不過看牠的樣子，精神還不錯，估計很快就能恢復過來。不出去並不是牠不想出去，而是每次受傷就會被屋裡三人盯著不讓出門。

鄭歎看了看馮柏金打開著的電腦，螢幕上是一個遊戲的畫面。

馮柏金沒事就自己宅在家裡做遊戲，不同於商業製作，馮柏金完全是憑喜好來的，而鄭歎所知道的馮柏金做的兩款遊戲，一個是《貓貓連連看》，這種遊戲本質上並沒什麼新穎度，連連看的遊戲太多了。

馮柏金這款遊戲的下載量不少，主要是因為遊戲裡面那一個個卡通的貓頭很可愛，消掉的時候有不同的動畫效果，還帶有不同的貓的叫聲，而裡面其中之一的原形就是虎子，沒消除的時候貓頭還是很可愛的，消除的時候則像是被狠揍了一頓似的，聲音也跟虎子的叫聲一樣。

第二款遊戲叫《貓抓老鼠》，真說起來也算不上新穎，前面抓老鼠跟一些小型的動作遊戲差不多，而讓很多人喜歡的是後面抓到老鼠後拿去嚇人環節，比如將老鼠放在屋主的床頭、被子上、抽屜、書包裡等等。這種事情放在遊戲裡大家會一笑而過，但在現實生活中絕對稱得上坑爹，馮柏金是深有體會。

馮柏金將自己的親身經歷融入遊戲裡，只是玩遊戲的人不會想到這背後開發者的血淚史。

其實鄭歎挺期待馮柏金後面的遊戲，現在的這些只是他自己的練習作，很多東西並不完善，以後就說不準了，看上去馮柏金可能會往這方面深入發展。

下樓出門的時候，李嬸坐在一樓的沙發上喝茶看電視，端著茶杯的手腕上戴著紅色的手鍊，很簡單的紅色繩子編織而成的那種。

李嬸估計也是本命年，之前鄭歎可沒見她戴過。

從馮柏金他們屋子出來之後，鄭歎去老太婆那邊看了看，蹲在不遠處等二毛。他不想進去老太婆的屋子裡，每次見到那老太婆，鄭歎總覺得心裡怪怪的，說不上是什麼感覺，所以還是不見的好。

來的時候二毛說了，下午一起過去衛稜那邊吃飯，都已經打電話向焦爸報備過了，所以鄭歎也沒回去，等二毛從老太婆那裡出來後搭他的車一起過去。

說起來，衛稜他兒子也有一歲了，週歲宴和二毛女兒的百日宴隔得比較近。鄭歎去衛稜家的次數不多，每次去的時候都覺得衛小胖變化很大。

上次過來的時候，鄭歎還記得衛小胖只能在彈性地墊上艱難的爬，現在都能走兩步了。

衛小胖是衛稜他兒子的小名，生下來的時候很胖，現在雖然看起來不是那麼一團肉了，但相比起同齡的一些小孩，還是要胖一些。

鄭歎和二毛到衛稜家的時候，衛小胖正扶著牆走路，看到鄭歎和二毛也不害怕，反而樂呵呵笑著想往這邊走，不過剛踏出沒兩步就趴下了。

地上和邊上的牆都貼著一層軟墊，家裡的家具等帶堅硬的角的地方都用軟墊包著，不怕他磕碰傷，所以衛小胖跌地上也不會受到什麼傷害。

翻了個身，衛小胖沒哭，仍舊樂呵呵往這邊過來，這次沒走了，直接用爬的，這樣來得快。

二毛將爬到眼前的小胖子抱起來，「小胖子哎，來叫聲二叔聽聽，叫二——叔——」

小胖子笑得很開心，然後對著二毛那張臉直接打了個噴嚏，噴得二毛一臉口水。

二毛抹了抹臉，腹誹著還是自家閨女可愛，小胖子太混蛋。

「嫂子，衛小胖是不是著涼了？」

衛稜他老婆將孩子接過去看了看，「沒事。」說著又將衛小胖放下來。

重獲自由的小胖子朝二毛和鄭歎坐著的沙發這邊爬。

「聽說會叫爸爸媽媽了？」二毛問。

「是啊，只是不太清楚。」衛太太笑著道。

同社區裡有個孩子十個月大就能叫了，衛稜雖然沒說啥，但每次看著那家人在他們眼前炫耀，衛稜就很不爽。不過這也急不來，不同的孩子情況不同。上週聽到衛小胖開口後，衛稜樂得大半夜才睡。

「來，叫黑哥。」衛太太將衛小胖抱起來放在腿上，對著鄭歎的方向說道。

知道卓小貓叫鄭歎「黑哥」之後，衛太太每次見到鄭歎也讓衛小胖叫黑哥，只是之前小胖子不會說，也沒叫過。

衛小胖看著鄭歎，在他媽媽引導幾次後叫了聲「哈咯」，沒叫清楚，但能聽出有點那意思。而二毛在笑話之後讓衛小胖再次叫「二叔」，衛小胖的回應是「噗！」，氣得二毛直嚷嚷差別對待。

衛稜下午回來的還算早，今天沒加班，回來之後先抱著衛小胖讓喊了兩聲，然後才在旁邊跟二毛聊起來。

「給！」二毛扔給衛稜一個東西。

衛稜接過來看了看，一條紅色的編織手鍊，很簡單的東西，也沒有金銀玉石之類的。

「你不是本命年嗎？我從我姑婆那裡拿了一條給你。她那裡這玩意兒多。」

聽二毛的話，鄭歎想了想李嬸手裡的那條，兩條編織手鍊看起來差不多，不過衛稜那條應該是男士款，繩上的結跟李嬸那條有些區別，即便沒用上金屬飾物，看起來也多了些男性氣息。

衛稜本來沒將這種事放心上，但想到從葉昊那裡聽到食味老闆的事情，還是戴手上了。反正是個小玩意兒，也不麻煩，圖個心理安慰而已，戴上也不錯。

一開始兩人在聊衛小胖的週歲和二元的百日宴，談及師父老人家，兩人又是一陣嘆息。老人家年歲漸大，前陣子還不小心摔了跤，就算平時看起來健朗，但畢竟年紀在那裡，硬是被幾個徒弟逼著臥床休養了一段時間。

這次衛稜和二毛也沒想讓老人家長途跋涉跑過來，結婚的時候老人家都參加過，現在老人家只能透過電腦傳過去的照片圖檔看看小傢伙，不過衛稜想著，什麼時候大家一起過去那邊看看，師徒都聚聚。

現在幾個師兄弟都各自當爹了，二毛結婚那時候，參加婚禮的幾個師兄弟就說著找個時間大家一起去師父老人家那邊聚聚，分開這些年了，聚少散多，往後各自更忙，其他的也說不準。

「我也知道，年後我去那邊有點事，順道去過一趟，他老人家精神狀態很不錯。不過，我想著，等我家二元再大點兒了一起抱過去給他老人家瞧瞧，現在二元還太小。」二毛道。

「嗯，到時候我把小胖也帶過去。」

「哦，對了，師父他老人家還說過，要是我們去的話，能帶就把黑碳也帶過去一趟，跟大山玩玩。」

「真帶去啊？」衛稜看看旁邊的鄭歎，想了想大山那凶殘樣，覺得這不是個好主意，他去年年底出差順道看望老人家的時候見過大山一面，那時候正看到大山咬著隻兔子吃得滿臉是血。

鄭歎也琢磨著二毛和衛稜話裡的大山，早就聽聞大山的大名了，就是沒見過。

想得太專注，沒注意，等鄭歎察覺到的時候，衛小胖子正靠在沙發邊沿站著，手裡抓著鄭歎的貓尾巴往嘴裡送。

鄭歎：「……」相比之下，當初的卓小貓真是好孩子。

見到衛小胖抓貓尾巴，二毛笑道：「這要是其他貓的話，早一爪子上去了。衛師兄，你得多注意點。我老婆她家一親戚的孩子就這樣，三歲大了，怎麼說都不聽，家長也不會總盯著，有次那孩子又跑去抓他家貓的尾巴，被貓撓了。你知道的，小孩子也不知道輕重，貓那反射性的一爪子當時就見血了，要不是那孩子穿的衣服多，別說手了，手臂上都會有撓傷。」

二毛這還是撿好的說，這類事情沒少發生，撓手、撓胳膊的這還算幸運，要是被撓臉、撓傷眼睛，那就難辦了。

衛稜點點頭，這確實得多注意。以前就聽說過不少，不過他熟悉的貓都還好，沒出過這類問題，所以就忽略了，現在想想，他還真得多費些心思，總不能讓兒子養成這種習慣，得知道什麼事情能做、什麼不能做，畢竟不是每隻貓都是「黑哥」，牠們可不會容忍。

想到什麼，二毛又嘿嘿得意一笑：「不過我家兩個閨女相處得都不錯。」

二毛口中的「兩個閨女」指的是他家貓黑米和他女兒二元，還將手機掏出來給衛稜看了看「兩個閨女」合拍的照片。看起來確實挺和諧。

對於衛小胖抓貓尾巴這種熊孩子的表現，鄭歎決定在這傢伙八歲之前都離他遠一點兒，週歲宴也不會靠近。

晚上在衛稜家吃完飯，二毛先將鄭歎送回東教職員社區，路上還說等衛小胖週歲宴抓週的時候放個假的貓尾巴，想一想會有的場面二毛就忍不住樂。不過他也只是說說，現在很多小孩週歲宴並不會弄這個，但衛稜既然要辦，二毛也不會去搗亂，真要坑了衛小胖，他還怕自己女兒週歲宴的時候衛稜反過來也坑一把。

鄭歎聽著二毛抱怨，看了看車內，和去的時候相比，二毛車裡少了幾樣禮品，多了個盒子，盒子沒蓋嚴實，鄭歎扒開看了看，裡面還放著兩條跟送給衛稜的紅繩差不多的編織物。

二毛搞這些是去送人的？

「黑煤炭，別把那紅繩毀了，這玩意兒一百塊錢一條呢！今天最後幾條都被我拿了，到時候送出去。」二毛說道。

——一百塊？！

——那老太婆真狠！

鄭歎使勁盯著那幾條紅繩編織物，連塊石頭都沒串上去，憑什麼賣這麼貴？

不過聽二毛這話，買的人還挺多？

真是個能糊弄人的老太婆，難怪當初被二毛找到之前一個人在小鄉村裡沒耕田沒犁地，生活得依然好好的。

一百塊錢不算多，對很多人來說壓根就是小錢，但一想想那看起來跟地攤上幾塊錢就一大卷的紅色繩子，再想想翻了幾十倍價錢的編製成品，鄭歎就忍不住腹誹那老太婆坑人。

不過，腹誹的同時鄭歎也想著，自己要不要也買一條？

小柚子今年十二歲，因為同年級的很多人都比她要大上一、兩歲，再加上孩子們對本命年這說法也不怎麼在意，社區裡也沒聽哪個孩子說起過本命年的事情，一般說這個的都是大人，所以除了焦媽替小柚子買了一些紅色的衣物之外，鄭歎並沒有看到什麼刻意的針對本命年這一說法的東西，畢竟在年輕人中，注重這個的人雖然不少，但也不是太多。當初焦遠就沒注意過這方面，鄭歎也只是聽焦媽提過，焦遠壓根不在意，穿紅內褲之類的事情焦遠就沒幹。

鄭歎回家後翻了下自己放錢的抽屜，過年前賺的錢大部分都包了紅包送出去了，年後有幾次加班，又撈了些。小郭現在也慷慨，五十的都沒幾次，基本上是一百、兩百的給。

翻了翻錢，確定錢還夠之後，鄭歎決定去老太婆她家附近蹲點看看，是不是真像二毛說的人很多。

人就是這樣一種心理，湊熱鬧，大家都買，我們也跟著買！

◆◇◆◇◆◇◆◇◆

抽了個天氣不錯的上午，鄭歎跑去湖邊別墅區，在老太婆住的附近一棵樹上趴著。

雖然老太婆總坐在輪椅上，平日裡也沒見她到處跑，但去找老太婆說話的人卻挺多的，大部分都是中年婦女或者上了年紀的老人，以鄭歎的聽力，能夠聽到那邊老太婆糊弄人的聲音。

還別說，這老太婆糊弄人的時候確實有那麼點高人的樣子，糊弄得那些人一愣一愣的——至少在鄭歎看來這老太婆是在糊弄人。

糊弄人的時候，老太婆手裡也沒閒著，拿著紅繩編織著東西，雖然她現在上了年紀，手也有些抖，但編織起來速度卻不慢。鄭歎離得遠，看得不真切，但等那老太婆跟人聊天聊完，手上也完工了，成品放到一旁，再繼續編下一條。而跑過來聊天的人多半都會出錢買一、兩條。

鄭歎決定下午繼續蹲點，看看那老太婆能糊弄多少人。至於中午的午飯，鄭歎想了想，還是不回去吃了，跑來跑去麻煩，就近的話可以去馮柏金那裡蹭一頓，李嬸做的菜還不錯。

鄭歎正打算著去馮柏金家蹭飯，就見到兩個十歲左右的小孩一副作賊似的往老太婆家那邊跑，怕被別人看見似的。

這應該是中午下課回家的小學生。這附近有一所小學，這個社區和附近一些社區的孩子們很多都在那裡上學，聽說教學品質還不錯，自然相應的一些費用也比較貴，雖然是義務教育，但其他費用也不少。

兩個小孩手上都拿著裝碗的袋子，那是他們帶去學校吃早餐的碗，中午拿回家洗。

那個小女孩的穿著像是這個別墅區的孩子，而那個小男孩就要寒酸一些，應該是附近哪個社區的。

看到這兩個小孩的行為，鄭歎也不急著下樹蹭飯了，繼續蹲這裡看看那兩個孩子要做什麼。一般去找老太婆的不是想聊一聊面相八字五行風水等方面的東西，就是慕名去買紅繩的。這兩個小孩不應該是前者，至於後者……這兩個孩子不會去找坑吧？一百塊錢一條呢！

這時候也沒人在那裡跟老太婆聊天了，各家都要回去準備午飯，老太婆這裡有人照顧，不用自己做，她仍舊在院子裡編著紅繩。那隻三條腿的貓就趴在旁邊，守著那些編織好的成品。

「陽奶奶！」那小女孩站在社區大門口禮貌的喊道。

鄭歎聽二毛說過，這老太婆祖上好像是姓歐陽的，就是不知道什麼時候成了「陽」。歐陽、歐、陽三姓同宗之類的事情二毛也說過，鄭歎沒興趣，也沒多聽，不過回想起來，當初那玉牌上就是「歐陽」兩個字，當時他只認出了個「陽」字。

「哎喲，小妮妮啊。」老太婆看著站在門口的小女孩，露出笑意，一臉的褶子，眼睛都瞇了起來。

「陽奶奶，我帶我同學過來買手鍊，不是，買……」小女孩也說不清楚是什麼，將落後一步的小男孩拉上前，「你說吧。」

小男孩有些不好意思，也緊張，不過隨著老太婆一個個看似隨意的問題，小男孩也放鬆下來，一一回答。

鄭歎聽著他們的話，瞭解到這小男孩不是幫人買這個，而是買給貓。他家裡沒有人今年是本命年，但家裡那隻老貓已經十二歲了，是本命年，年紀比那小男孩還大。

老太婆並沒有什麼很驚訝的表情，依舊是那副笑咪咪的對小朋友很和善的臉，聽著小男孩說家裡的貓，同時手上也沒停，一條編織的東西正在完成。

「陽奶奶，您看，能不能買一個給牠？」說完後，小男孩紅著臉問道。

在很多人看來，他這種行為就是敗家子，做無用功，傻不拉嘰的找坑。貓能跟人一樣嗎？

按照貓和人的年齡換算，很多人說七、八歲的貓相當於人類的五十歲，像他家那隻十二歲的貓，那就相當於人類的花甲、古稀之年，算是一隻真正的老貓了。

「當然可以。」老太婆將手裡編好的東西遞過去。

小女孩湊過來瞧了瞧，「咦，跟我上次看過的不一樣。」為了再次確認，她又看了看旁邊盒子裡面編好的那些手鍊，這條確實跟其他的不一樣。

老太婆只是笑咪咪的，也不答。

小男孩小心的將手上的紅色編織品放進口袋裡，然後從裝碗的袋子裡拿出一個裝糖的塑膠盒，裡面是一些零錢，五塊、十塊的沒兩個，一塊的倒是不少。

紅著臉將錢數好之後，小男孩很不好意思的說：「陽奶奶，您……不介意這些吧？」

「沒事，放這裡就好。」老太婆不在意的說道。

離開的時候，小男孩又回過頭看向老太婆，問道：「陽奶奶，聽說本命年是一道檻，牠會過這道檻吧？」

「你希望牠過這道檻嗎？」老太婆問。

「當然！我聽說城北有一隻貓活到二十多歲還好好的呢！」小男孩激動道。

「那就行了。」

小男孩有些迷糊，不過很快又笑了，朝老太婆揮揮手，「我們走了，謝謝陽奶奶！」

兩個孩子離開老太婆的院子，一邊走一邊小聲說著話，鄭歎好奇之下打算跟過去看看，看看那隻老貓長啥樣。

「那二十塊錢我一有錢就還給妳。」小男孩說道。這事辦得急，手頭存那麼久的零用錢才八十塊錢，湊不到一百塊錢。

「這個不用急，你零用錢又沒多少。再說，我也不缺。」

生活在這片別墅區的孩子，大多家庭條件都很好，慷慨一些的家長會給更多，有不少玩遊戲的小學生是「壕」級別的。

「下週……下下週我應該能還了。」小男孩肯定道。他想到了一個法子。

「先別說這個，你家那貓現在還好吧？」小女孩問。

「挺好的，聽別人說，貓老了牙齒會掉，可我昨天掰開看了看，我家那貓牙齒一顆都沒掉，胃口也不錯。」

「但是我上星期見牠的時候，牠看上去沒什麼精神，拿毛線逗牠牠都不跳，好懶的樣子。」

「……牠不是懶，牠只是跳不起來了。」

出社區的時候只有小男孩一個，那小女孩本就住在這裡，現在回家了。

鄭歎跟在那個小男孩後面不遠處，出了這個湖邊別墅區之後沿著大道走段路拐個彎，那裡有個十年前建起來的社區，小男孩家就住在那裡。

鄭歎是第一次來這邊，跟老街那邊的一些社區相比，這裡沒多大不同，或許那時候建起來的社區都差不多。

這孩子家就住在二樓，還沒進樓就能看到二樓窗臺那裡蹲著一隻黃白花的貓，應該就是那隻十二歲的老貓了。相比起阿黃和警長牠們，這隻貓眼裡透露出來的情緒要沉穩一些，不知道是年紀的問題還是牠本身性格的原因。

那孩子看了看二樓的貓，笑著招招手，然後進樓。以前他家的貓能夠輕易從二樓翻下去，關都關不住，現在就不行了，老老實實待在家裡的時候多，頂多趴窗臺那裡曬太陽，看看外面。

鄭歎沒跟進去。見到二樓那隻貓在那孩子進樓之後就從窗臺上回屋子裡了，鄭歎決定直接翻到二樓看看，反正他現在只是一隻貓而已，又不是人，應該不會被人當作賊。

這種老社區的牆都很好翻，更何況很多住戶都喜歡在窗戶上方安裝個遮雨棚，擋雨水也擋樓上住戶的空調排水。

翻到二樓窗臺之後，鄭歎沒進去，就蹲在窗臺處。

這戶的面積不大，算起來和焦家也差不多，不過這裡是兩房一廳，因為老社區的房子都喜歡將臥室的面積設計得大一些，客廳就顯得小多了。

這個房間不帶陽臺，看床頭櫃上的照片，應該是那孩子父母的房間。房門沒關，從窗臺上鄭歎就能看到大門那邊的情形。

那隻老貓就蹲在離門半步遠的地方，聽到熟悉的腳步聲的時候，尾巴也慢慢勾著晃悠了起來，看著門下方的縫隙。

大門打開的聲音響起後，並沒有立刻響起開木門的聲音，只是下方門縫伸過來一根青綠色的長長的草。這是那孩子回來的時候在社區的一個花壇裡面扯的，剛才鄭歎看著還疑惑呢，這孩子扯草幹什麼？

鄭歎只當是這個年紀的孩子手癢，總想扯點什麼玩玩，現在看來並不是這樣。而且，看著這一人一貓的互動，這樣的情形應該不止出現過一次，或許已經持續幾年了。

老貓看著那根擺動的草，伸爪子去抓。

如果是阿黃牠們的話，早就左蹦右跳、撓來撓去跟神經病似的開始折騰了，一點兒小動靜都就能折騰得跟發現新大陸似的。

而這隻貓並沒有左蹦右跳，或許就像那孩子說的，牠現在也跳不起來了，不像年輕的貓那麼愛蹦踏。

雖然沒怎麼跳動，但出爪的速度還是比較快的，將草扯進屋之後，老貓咬了兩下就沒理會爪子上釘著的那根草了，繼續盯著門。這次沒盯門縫，而是看著門鎖的地方。

木板門打開的聲音響起，那孩子走進屋，將手上提的碗扔一旁，抱起老貓順了順毛才放下。爸媽不在家，孩子的奶奶正在房裡休息，大的那個房間隔成了兩間，一個給奶奶睡，一個給孩子。

客廳飯桌上是做好的菜，還溫熱著，飯在電鍋裡。

沒顧得上吃飯，那孩子先將口袋裡的紅繩編織物掏出來為自家貓套上。

被套上個編織環後，老貓有些不習慣，在桌角蹭了兩下，但很快在那孩子的安撫下妥協了，暫時沒再去蹭。

那孩子一邊替那隻老貓撓下巴，一邊低聲說著話：「別亂跑啊，別像上次那樣摔傷，一把年紀了再摔著就不好了，你不年輕了知不知道？」

至於那條紅繩，他沒打算跟家裡人說實話，要是被問起來，就說是五塊錢買的。要是被家裡人知道他花一百塊錢給一隻貓買這種連顆石頭配飾都沒有的東西，鐵定會挨罵，還會扣那本來就不多的零用錢。

他對本命年這種事情不瞭解，只是聽到妮妮提到她們社區的人買紅繩的事，又想了想樓上那隻更老的貓的事情，才臨時決定過去買一條的。他心裡未必相信那些東西，或許，只是尋求個心理安慰而已。

在那孩子吃飯的時候，老貓似乎想跳到那孩子旁邊的高凳上，走到高凳旁之後，看著高高的凳子，像是在打量凳子的高度，攢了攢勁才跳的，不如阿黃牠們那麼俐落。可能人們並不能看出什麼，但鄭歎對貓的動作比較瞭解，能瞧出那麼點差距。

那孩子夾起一塊雞肉，在碗裡滾了滾，將雞肉外面的油和味道重的醬料去掉，這才夾給旁邊凳子上的貓。

看著那隻貓吃肉的樣子，鄭歎覺得牠雖然看起來顯老態了，但也不會很快就衰弱下去，就是不知道還能活幾年，畢竟大部分貓的壽命也就那麼十來年，有些更短。

側頭的時候，那孩子發現爸媽房間的窗臺上竟然有一隻黑貓，只是等他走過去，那隻黑貓已經從窗臺上跳下去了。

鄭歎落地之後看了看二樓那扇窗戶，走到樓旁邊的花壇那裡蹲著，他打算在這裡再待會兒。

打了個盹，醒的時候大概下午一點半了，鄭歎是聽到兩個孩子的聲音之後醒的。

應該是同一個社區的孩子，他們來找二樓那小孩一起去學校。

「喂，王星，你家那隻貓又在窗臺上送你了。」一個孩子說道，「對了，你家樓上那隻貓怎麼樣了？」

「情況不太好，聽我爸說，樓上那隻貓已經十七歲了，比我家的貓還要大五歲呢，上個月玩毛球的時候還抽搐倒地上了，腿腳也有些僵化……以前那麼胖的一隻貓，現在只剩不到兩公斤，昨天我上樓去的時候，看到樓上阿姨在用針管餵水給牠喝，連水都不能自己喝了……」不太想多說這些，王星轉而道：「這週你們還過去那邊嗎？」

另外兩個孩子顯然知道王星話裡「那邊」的意思，點點頭，「當然去，你也要過去？」

「嗯，到時候你們過去的話叫我一聲。」

「行，但是你別跟你家裡人說。」

「當然啦，我還怕我爸媽知道呢。」

出社區之後，鄭歎沒再跟著那三個孩子了，他肚子餓，決定回家先吃點東西。

◆◇◆◇◆◇◆◇◆

鄭歎是在週六再次看到那個叫王星的小男孩。

早上跟著焦爸出門，焦爸去生科院，鄭歎則繞著學校跑一跑。鍛鍊身體是必須的。

見到那三個孩子的時候，他們手裡都拿著一個塑膠袋，袋子裡已經裝著一些空的瓶子，有塑膠瓶、有鋁罐等。

他們所說的「那邊」，原來就是指楚華大學。

大學裡的學生外食族很多，因此空瓶子很多，就算現在天氣還算涼爽，也有不少瓶子。

鄭歎跟在他們不遠處，看著他們從垃圾桶或者垃圾堆裡撿出一個個空瓶子。一邊撿，三個孩子一邊說著話。

那個叫王星的小孩應該是第一次做這個，另外兩個孩子還跟他說著經驗。除了礦泉水飲料瓶，還有那些易開罐，哪些是鋁的、哪些是鐵的，哪些收、哪些不收，哪些貴、哪些便宜……聽著就感覺這兩個孩子沒少做這種事。

王星拖著袋子，這袋子是他奶奶以前裝毯子的，後來破了好幾個洞，但沒捨得扔，一直放在堆雜物的角落裡兩、三年了，他翻出來的時候袋子上都是灰，估計早就被奶奶忘在那裡。有洞也無所謂，洞雖然多，但不大，他用來裝瓶子足夠了。

上午小半天他們就能撿到不少，然後拖到校內收廢品的地方去賣。

滿滿的一袋子，各種瓶子分類算價之後，能賣個幾塊錢。

賣了之後呢？

那兩個小孩帶著錢奔網咖去了，下午決定就在那裡待著。鄭歎看得一陣無語，敢情撿瓶子就為了這個？不過這也屬於自力更生吧。

王星沒去，雖然他也很想跟著去玩電腦遊戲，但還欠著債呢！跟那兩人約好時間，他再拿著袋子去撿回收品。

鄭歎今天沒啥事，就跟在那孩子後面想看看他到底會撿多少。

走著走著就來到生科院後面了，那邊依次擺放著一排大垃圾桶。

王星看到那裡面有幾個瓶子，打算過去翻一翻，沒想快碰到的時候，手臂被推了一下，側頭看過去，是一隻黑貓。

又是黑貓？

王星皺眉，沒打算理會，抬手再去拿瓶子，這次沒被貓阻止，是被人喝止的。

一個負責打掃這裡的清潔工阿姨告訴王星，這裡面的東西很危險，不能徒手去拿的，這裡的垃圾之後都要做特殊處理，不會跟普通的生活垃圾堆一起。

這個鄭歎也知道，正因為這樣，他才在王星去撿瓶子的時候阻止。

等那位清潔工離開後，王星看了看那幾個大垃圾桶，回頭對鄭歎道：「謝謝啊。」他現在有些明白這隻黑貓剛才的舉動了。

那邊後門處有個穿著白色實驗服的人拖著一個大垃圾桶出來，王星打算先離開，既然這裡的瓶子比較危險，那麼就換個地方吧，沒必要為了撿瓶子而讓自己受傷。

「黑碳！」

王星聽到那邊的聲音，腳步頓了頓，他不知道那人在喊誰，但他在人家的地方撿瓶子，總覺得有些心虛，打算快步離開，但是那邊的人好像就是朝著他這邊喊的。

鄭歎看了看來人，心裡嘆氣，沒辦法，在哪裡都能碰到熟人。

拖著垃圾桶出來的正是焦爸手下的學生，大塊頭蘇趣，現在博二。易辛今年畢業出國之後，他就會升為最資深的學長了，不過人還是那個性子，沒怎麼變。像他們這種幾年碩士、幾年博士下來，性格也不會有太大的變化，相比起同齡的、早就進入社會的人，性子還是要單純許多。

「咦，這小孩是誰啊？」蘇趣走近之後看向鄭歎旁邊的孩子，問道。

王星尷尬得臉色發紅，他第一次做這種事，臉皮沒他那兩個同學那麼厚，猶豫著要不要直接回答「我是來撿廢品的路人甲」？

今天實驗室輪到蘇趣他們值日，實驗室的垃圾桶滿了，他便將垃圾桶拉了出來，沒想到從後門一出來就見到老闆家的貓。

跟在焦教授手下的碩博研究生都知道，老闆家的貓地位很高，別小看牠，更別輕視牠，不然有你好受的。而還沒進實驗室就受到恩惠的蘇趣，當年對這隻貓是真的感激，這幾年下來也熟得很了。

只是，站在貓旁邊的那個小孩，蘇趣從來沒見過，也不像是老闆家的親戚，那個塑膠袋……蘇趣個頭高，往前走幾步就能看到袋子裡的那些空瓶子，頓時明白這孩子是幹嘛的了。

見小孩要走，蘇趣趕緊道：「哎，別走啊，我那裡還有很多瓶子呢，你要不要？」

剛踏出一步的王星又停在那裡了，卻不好意思開口。

不過蘇趣也沒等他開口，將垃圾桶放在原地，說了聲「等會兒」就往樓裡面跑了。

王星站在那裡，看了看跑進樓裡的人，又看了看旁邊的那隻黑貓，小聲道：「喂，黑貓，那是你的熟人啊？」

鄭歎就等在一旁，他曾經在窗外看過一次某自習室，裡面很多學生都將喝完的飲料瓶和礦泉水瓶放在一角堆起來，並不一定是他們想要去賣錢，經常喝這個的未必缺那點錢，就是懶的，等積多了再一起扔。

蘇趣很快就出來了，跟在蘇趣後面的還有一男一女兩個人，他們並沒有穿白色的實驗服，應該是聽蘇趣說了之後從其他自習室出來的，三人或提著或抱著一堆瓶子，有塑膠的、鋁罐類的。有的學生不習慣這邊的水，嫌有味道，經常喝純淨水或者維生素飲料，所以這類瓶子很多。

三人將手裡的瓶子裝進塑膠袋裡，都沒讓王星自己整理，王星一直尷尬的站在旁邊，不知道該說什麼，只紅著臉憋出幾聲謝謝。

有個鄭歎不認識的學生一邊幫王星整理，一邊還建議王星：「小弟弟我跟你說啊，化學院那邊你應該是找不到這種鋁罐了，他們那邊有人做回收貴重金屬相關課題，什麼電子廢物、鋁罐鐵罐的那邊基本上是找不到，所以你可以不用過去那邊了。有幾個地方可能會有很多，但是舊學生宿舍區那邊就別去了，那邊地盤早被幾個管理員大爺大媽瓜分得徹底，你這麼個小孩過去估計會吃虧……還有啊，我們學校裡有好幾個收廢品的地方，不過有一個收廢品的地方老闆人好些，賣錢能賣得多點……你可以去校門口小五金店買雙那種普通棉布手套，那樣安全些……」

鄭歎一聽「我跟你說」就知道後面會有一大堆的話，瞧這人夠囉嗦的。不過，他說得詳細，王星也聽得挺認真的，瞭解多了也能省去很多時間，提高效率。

這人說他在大學部的時候也幹過這類事情，別看「撿廢品」這詞說出來很丟面子，但一天下來能賣不少錢，以前圖新鮮跟著同學一起撿過，賺的錢讓寢室的人加了一週的餐，後來因為學業才沒繼續做。

「像他們環保協會就有人打著環保的名義，光明正大騎著三輪車成天在學校裡閒晃撿東西，前陣子還聽說那誰用賣廢品的錢買了輛電動車呢，那屌樣……」

除了給王星建議之外，他們還告訴王星有些地方的垃圾桶是不能亂翻的，就像他們生科院裡的，裡面可能會有傷害性比較大的物質，劇毒危險類的雖然不會扔在這裡，但就算只是看起來很普通的空瓶子，你不知道瓶子裝過什麼、是不是被人亂扔的、瓶身有沒有藥物殘留、會不會有其他傷害等等。

一般這裡的垃圾桶不會留太久，很快會有人過來都拉走，剛才那個清潔工阿姨就拖走了一個，現在又過來了，將空的垃圾桶放下，滿的拖走。

「謝謝哥哥、姐姐。」王星看著滿滿一袋子的瓶子，說道。

「哎喲謝什麼啊！小弟弟你什麼時候再過來，我們幫你留著。哎，你要是夏天過來那就更多了，我們這邊沒有暑假的，你暑假要的話可以過來。」那女的說道。在校園裡不少小孩直接叫他們叔叔阿姨了，難得聽到叫哥哥姐姐的，心情頓時好了一些。

在蘇趣他們進樓之後，王星便拖著滿滿一袋子，往剛才那人告訴他的另一個賣廢品的地方過去，沿路再撿一些。他和他同學之前去的地方，那個收廢品的一直壓價，所以王星決定換個地方試試。

和那個研究生說的一樣，另一個收廢品的地方雖然稍微遠了點，但也就遠了那麼一點點而已。這次王星賣得多，價錢稍微高了點，錢也多了些，那人還湊了個整數，直接給了六塊錢。

王星將錢小心的放進口袋裡，想著明天要不換個大點的袋子？都是一些空瓶子也不重，他也有這個力氣拖。

有經驗就好辦了，一回生二回熟，再加上有人給他建議，效率也提升上來了。王星一下午跑了三趟，加上早上賣的，一共是二十三塊錢。

對於王星來說，二十塊錢很多了，他存了兩個月才存到八十塊錢，今天一天就賣了二十多塊錢，能還債了，明天週日繼續！每週週末要是都能過來的話，這樣生活費也不用家裡給，還能替家裡買點東西。只要拉得下面子。

看時間差不多，王星便按照約定好的時間去網咖找同學，然後一起回去。

那之後，只要不下暴雨，基本上每個週末，鄭歎都能在校園裡看到王星的身影。

鄭歎又去過王星他們那個社區幾次，每次去的時候，那隻老貓就蹲在那棟樓二樓窗臺那裡，不管能不能曬到太陽，總是蹲在那裡，脖子上套著紅繩，微瞇著眼睛。

看到鄭歎的時候，那隻貓只是將瞇著的眼睛睜開一點點，俯視站在樓下的鄭歎。

貓總是喜歡蹲在高處俯視，不管是小貓，還是上了年紀的老貓。

聽王星說，這隻老貓年輕的時候也是這一帶的風雲角色，只是那時候王星的記憶不多，有一些是他從父母嘴裡聽到的，有一些是他記得的。

王星很小的時候跟社區裡一個比他大一歲的孩子打架，他家的貓還去幫過他的忙，結果將那個孩子撓傷了，王星父母提著賠禮登門致歉，打針的費用也是他們出的。就因為這事，王星父母還差點將這隻貓送走，說牠撓人，要不是王星哭著在地上打滾不讓送，也許現在就見不到這隻老貓了。

對很多小孩子而言，放學回家是件很高興的事情，除了不用規規矩矩坐在教室裡受約束之外，還惦記著動畫片和電視劇，而王星每天回家的時候最高興的就是扯一根雜草，然後蹲在自家門前先跟門另一邊的貓玩一會兒。夏天的時候，他還會捉一些蚱蜢之類的小蟲子給自家貓玩。

沒養貓的人無法理解與貓一起生活了幾年甚至十年、二十年的人對貓的感情，就像王星寧願花費對他來說算得上巨額的錢，去為一隻貓買個不知真實與否的希望。

看了看窗臺上的那隻老貓，鄭歎轉身離開。

窗臺上的老貓眼睛睜開一條縫，陽光太強烈，牠有些睜不開眼，微瞇著，看著越走越遠的黑貓，打了個哈欠，抬起爪子舔了舔。甭管這雙爪子是否還鋒利，是否還能去拚殺，牠依舊舔得認真，源於本身的習性、天性，又或許還有其他情緒在內。然後，牠平靜的看著這個牠熟悉得不能再熟悉的社區。

◆◇◆◇◆◇◆◇◆

杜鵑花開，陽光依舊。

鄭歎在猶豫了一段時間之後，抽了個空，穿著背心帶著錢去找那個老太婆。沒買手鍊，老太婆介紹給他的是一款腰鍊，上面還綴著些小石頭，不知道是什麼材質，鄭歎對那個不瞭解，沒研究過，不過看起來挺漂亮的，只是老太婆報價一千，鄭歎還是忍不住狠狠抖了兩下鬍子。

鄭歎抽屜裡存到此刻的私房錢剛好只有一千塊，這老太婆掐得真好！

最後鄭歎還是咬牙買了，私房錢基本上清空。這要是曾經那個大手大腳花錢的鄭歎，泡妞一天的錢也遠不止這些，可現在鄭歎的境況不同了，銀行帳戶裡的錢不方便取，只能賺加班費。

希望下個月能多加點班。鄭歎心想。

那個腰鍊老太婆是臨時編的，鄭歎就蹲在旁邊看著，近距離觀察這老太婆怎麼用抖動的手去快速打出一個個看起來很複雜的結。

這些結並不都是一樣的，鄭歎也不知道是按什麼規律編織，總之，看著看著，還沒看出個所以然，鍊子就編了三分之一，又看著看著，然後它就完工了。

老太婆從鄭歎的背心裡面將錢拿出來，也沒數，放進裝錢的盒子裡，然後把腰鍊用一個小布袋裝著，放進鄭歎的背心口袋裡，那張老臉笑得滿臉皺摺。

等看著小柚子高興的戴上腰鍊，鄭歎頓時不那麼心疼錢了。希望小柚子不會像蔡老闆那麼倒楣吧。

◆◇◆◇◆◇◆◇◆

說起躺著都能「中槍」的蔡老闆，最近他心情好了不少，推出兩款新菜，餐廳人氣依然爆棚，他還抽空帶著從南城過來的老婆、孩子到處遊玩。

鄭歎連著幾天來食味都沒見到蔡老闆。不過，蔡老闆雖然不在，但也囑咐過經理，鄭歎過來的時候只要在他的休息室等著，很快就能吃到飯。

鄭歎頓時覺得有點衣來伸手、飯來張口的負罪感，不過，那也只是一瞬間的感覺而已，該享受的還是享受，都悲慘的被變成貓了，就不能享受點特殊待遇？

這天，鄭歎過去食味的時候，又碰到了熟人。

六八和金龜。

見到六八，鄭歎這才想起來，自己好久都沒開手機了，手機還放在老瓦房區呢！還是歸還鑽石的那時候去過一次，離現在都好久了。

六八前段時間一直有事在外忙活，根本沒在楚華市，至於他一直關注著的四個6的電話號碼，每次撥打都關機，使得六八都認為那人直接棄號不用了，他甚至還往那個門號儲值過兩百塊錢，可惜到現在也沒個音訊，對方啥反應都沒有。

鄭歎壓根就不知道自己那個門號上又有人幫忙儲值，他現在都沒開手機，除了一開始拿到手機的新鮮勁之外，後面就無聊了，他也不可能打電話給別人聊天啊，打了說什麼？嚎嗎？認識的人就那麼多，更何況他也不能說話，所以手機暫時放那裡了。

鄭歎見到六八的時候，剛吃飽了從蔡老闆的休息室翻窗戶出來，正好被六八看見。

「嘿，貓偷食！」六八朝鄭歎叫道。

鄭歎：「……」偷你妹啊，老子到這裡來吃飯還用得著偷？

斜了六八一眼之後，鄭歎打算不理會這人直接離開，沒想六八跟著過來了。

六八出去之後剛回楚華市不久，被金龜拉過來食味吃飯。金龜對食味的料理很喜愛，在六八眼前推薦過好幾次，難得又上新菜，便拉著六八過來了。

兩人這時剛吃完出來，本來打算回金龜那裡去，沒想碰到鄭歎，六八又改主意了，決定跟著鄭歎遛一遛、消消食，反正走哪裡都是走，他也沒啥事，來楚華市就是打算好好休息幾天的。今早上又他打了電話給那個號碼，依舊是老樣子，對方關機。他不知道幹啥，覺得沒意思，無聊透了，晚上要不要去泡吧找個妹子共度良宵？

鄭歎本來沒打算理會跟在身後的兩人，也沒刻意走快，吃飽了走那麼快幹什麼，何必為了後面那兩人而折騰自己？眼不見心不煩，只當後面那兩人都是屁。

但聽到金龜跟六八說的話之後，鄭歎又不自覺的去注意那兩人的談話。

依金龜之言，六八這傢伙下月初要去蜀北的一個小城市，估計又接了案子。現在已經是四月了，下個月就是五月，五月初的時候六八要去蜀北……

鄭歎不禁想到前些日子自己偷偷上網時在論壇裡面發帖說的那場自然災難。當年鄭歎其實並沒有太多關注那場災難，不太瞭解，只知道個大概，那時候他依舊是個沒心沒肺的寃大頭，玩遊戲泡妞瘋狂得很，虛度年華碌碌無為。現在想將自己知道的多告訴些人，結果發帖之後，一分鐘不到就被禁號刪帖了，理由是危言聳聽、散播謠言、破壞和諧，封殺沒得商量。

好吧，鄭歎現在也並不知道該怎麼辦了，如果是人的話，那還稍微好辦點，可現在他就是一隻貓，手段有限，認識熟悉的人裡面好像也沒有去那邊的，鄭歎還糾結了好幾個晚上。

不過，現在聽到六八要去蜀北，鄭歎心裡有了個主意，他自己辦不到的事情，可以藉助一下別人，就是不知道六八信不信。

回到楚華大學，鄭歎難得的去看了看手機，關機，沒電，還得充電。好的是這手機品質不錯，放這裡這麼久，充好電開機之後還是好好的。

簡訊很多，提示也很多，鄭歎一條條看、一條條刪，發現還有一封儲值簡訊，這讓鄭歎驚訝不已，看六八後面的簡訊，雖然沒明說，但鄭歎也能推測出就是六八幫忙儲值的。

鄭歎沒有立刻聯繫六八，而是過了一週後才發了封簡訊給六八，問六八下個月換不換門號。

正無聊得在沙發上看《動物世界》直打哈欠的六八，見到那個熟悉的號碼後立刻來了精神，直接撥了電話過去。老樣子，對方拒接。

不過看了簡訊之後，六八還是認真回了一封。下個月他這個門號依舊使用，同時還給了另一個號碼，如果這個號碼打不通，就打另外一個，總有一個可以。

鄭歎又問了下個月六八是否出遠門，過了一會兒之後，六八才回，只說了出遠門，沒說去哪裡。他不可能像對待金龜一樣說很多涉及到業務的事情。

得到想要的資訊後，鄭歎就直接關機了。

六八接連打了幾通，聽著裡面熟悉的提示語音，掛斷後放下手機，琢磨著對方到底是個啥意思，他總覺得對方好像想告訴他一些很不得了的事情。

因為一直將這事情放在心上，離開楚華市的那天，六八又打了通電話給那個號碼，對方依然關機中。於是，他發了封簡訊，說自己今天離開楚華市。

鄭歎看著家裡客廳牆上的掛曆，算著時間，幾乎每天都會去開一下手機，時間不定，有時候是早上，有時候是晚上。正因為這樣沒規律，六八也沒碰上，所以打電話都是關機。

看到六八離開本市的簡訊之後，鄭歎也沒回覆，現在回覆的話，那邊絕對又開始電話攻擊。

◆◇◆◇◆◇◆◇◆

離鄭歎圈出來的日期還有一週的時候，鄭歎想著六八那邊應該穩定了，可以說說事情，便在吃完晚飯之後溜了出去，前往老瓦房區。

夜間這個時候，老瓦房區總是很安靜的，這也能省去鄭歎很多麻煩，要是很吵鬧有其他聲音的話，鄭歎還怕六八根據聲音推測出具體地方。

開機之後，看了幾封簡訊，六八大概是在任務期，不那麼閒，簡訊也少了些。都是無關緊要的簡訊，全都是問鄭歎到底要說什麼事情，刪掉之後，鄭歎編輯了一封簡訊過去，問六八此刻在做什麼，總不至於直接就一通電話過去，要是亂了六八的任務，鄭歎擔心六八不配合。

結果六八那邊很快回覆了一封：「拉屎。」

鄭歎：「……」

此刻，蜀北某市的一間還算不錯的餐廳裡，六八跟人吃飯，中途離場去了洗手間，排個水抽根菸放鬆放鬆，來往人太多，他索性找了間關上門坐馬桶蓋上，沒人打擾便於想事情，等時間。

他隔壁那間剛進去一男一女，喝多了，但興致很高，正在隔壁大戰，壓根就沒管這裡是男洗手間還是女洗手間，他也不在意。曖昧的聲音不絕於耳，來上廁所的人有幾個就算看不到裡面的戰況，還是很猥瑣的吹了吹口哨。

六八打算蹲裡面多聽一會兒，反正那邊包廂裡那群人喝得high，他等那幾人喝得差不多了再回去，沒想到在這時候收到那封簡訊。

鄭歎收到的那封簡訊，正是六八坐在馬桶蓋上回覆的。

想了想，鄭歎又發了封簡訊：「有事跟你說。」

「OK，洗耳恭聽。」坐在馬桶蓋上的六八從口袋裡掏出很小巧的耳機戴上，將外面的雜音隔離出去，以便打電話時能讓他更好的聽到電話裡傳來的聲音。

六八正準備撥號，那邊就一通電話過來了。

六八挑挑眉，心想：稀奇，難得啊，這個玩神祕的傢伙竟然主動打電話了，難道有事求助？心思急轉，手上也不慢，按了接聽鍵之後，六八聚精會神聽著耳機裡的聲音，只是，等了一會兒發現那邊一直沒動靜。

另一頭，電話剛接通的時候，鄭歎差點直接將剛吃的晚飯噴出去了，聽著電話那邊傳來的某些聲音，半天沒吱聲，想想就能知道那邊到底是個什麼樣的情形，他深刻懷疑現在六八是真的在認真蹲大號，還是在旁觀某些少兒不宜的東西。

在六八「喂」了兩聲之後，鄭歎才繼續要做的正事。鄭歎沒有發簡訊說這事，而是選擇這種方式，自然有他的考慮。

六八戴著耳機，雖然隔壁很吵，但耳機能將手機那邊的聲音清楚傳過來。同時，通話如果涉及隱密資訊的話，也能藉著隔壁的聲音做掩飾，不怕被別人聽見，畢竟都去注意隔壁了。

電話那邊依舊沒有人聲，透過耳機傳來的依舊是滴答的敲擊聲響。

六八有準備，他在接通的時候就從口袋裡掏出一枝折疊筆，以及一張小紙片，隨著耳機裡的滴答聲，紙片上也出現了一句話，拼音組成的。

六八看著紙上的那句話，拼了三遍都懷疑自己是不是拼錯了、會錯了意思。

那邊已經掛斷了電話，結束之後有一封簡訊傳過來：「懂了嗎？」

「我覺得沒懂。」六八看著紙上的那句話，仍舊難以置信。

鄭歎不認為六八真的沒聽懂。乍一聽到這種事情，懷疑是正常的

「懂了，就盡可能告訴更多的人。」

鄭歎發完這封簡訊之後，便直接關機了。他選擇六八來幫忙，完全是憑直覺，他覺得六八能做到他無法做到的事情，而且也不會洩密，還能將事情做得漂亮些。

而另一邊的六八，現在正處在一個相當糾結的情緒之中。

理性點說，這條資訊的可信度實在不高，畢竟沒誰能預料到未來的事情，更何況是這種一看就讓人渾身發寒的資訊。

如果是什麼都不懂的人，那就算了，但六八經歷過不少事情，天災人禍都有，正因為這樣，他才能因為這短短的一句話而推測出數個結果，且每一個結果都是相當慘的。

將耳機放回口袋裡，六八坐在馬桶蓋上看著手裡那張紙片出神。

隔壁的戰況仍舊激烈著，六八卻置若罔聞，他現在無暇去思考其他，而是仔細分析這張紙片上的消息到底有多大的可能性是真的，還是對方愚弄他的手段？

六八回過神的時候，隔壁的人已經走了，洗手間裡沒有其他人，很安靜，這裡的隔音效果很好，外面的吵鬧聲也聽不見。

六八將紙片撕碎，扔進馬桶裡沖走。

洗手間裡，不知道是哪個醉鬼用手機砸燈，洗手間地板上有個摔壞的手機，天花板上的燈壞了兩個，昏暗許多，有個還閃爍著，增添了一分詭異感。

廁所有扇窗戶打開著，夜風吹進來，有些涼。

從洗手間裡走出來，六八摸了摸額頭，全是冷汗。

六八不知道對方說的到底是不是真的，但他還是會做一些事情，也會告訴一些人，甚至自己也會防範，至於其他人信不信，他無法左右別人的思想。自己都不確定的事情，沒理由硬逼著別人照辦。

自從那天之後，接下來的幾天，六八每天一有空就會打電話，給別人，也給四個6，只可惜每次打都是關機。

看著手機裡面顯示的日期跟對方說的時間越來越近，六八難得的焦躁了。以前就算是接了很危險的案子，他也不會焦躁成這樣，雖然面上不顯，別人看不出來，但藏在心裡不能發洩的感覺著實讓六八幾乎發瘋。

八級地震，這是說著玩的嗎？如果發生在楚華市，那基本上就沒幾棟能站著的樓了。

◆◇◆◇◆◇◆◇◆

楚華市這邊，鄭歎依舊按照每天的生活習慣，看起來和往常一樣，不過獨自在家的時候也會偷偷開電腦上一下網。

其實也算不上「偷偷」了，鄭歎有次沒注意留下了一些「線索」。那天焦爸從鍵盤上夾起一根貓毛，看了鄭歎一眼，就沒下文了，臉上也看不出任何其他異常情緒，這讓鄭歎更加確信，焦爸心裡應該是有數的。

日子越來越近，到了那一天，鄭歎沒有出門，一整天都待在家裡，打開電腦連上網路，關注著幾個網站。

鄭歎當年並沒有去關注這件事情，記憶中的時間並不精確，只記得一個大概，所以他就待在電腦前等著。網路上的資訊應該比電視新聞上快一些，而且楚華市並不在地震帶上，離震央也比較遠，應該不會有事，這也是為什麼鄭歎明知道今天會有異常，還是待在家裡的原因。

他中午出去吃了頓飯回來，繼續趴電腦前。微微打了個盹，醒了之後刷新網頁，就在點動滑鼠的時候，鄭歎突然感覺晃了一下。

——來了！！

學校裡有些人感覺到了，從教室大樓裡走了出來，實驗室裡還有正在做實驗的學生，察覺到之後也很快跑了出來，不過更多的人並沒有察覺到，有些人在宿舍裡睡覺，有些人在關注其他的事情，壓根沒察覺到發生了什麼。

鄭歎刷新了一下網頁，現在還沒有太多的報導，在屋裡轉了一圈，便跑了出去，來到老瓦房區，打開手機撥了通電話給六八。

打不通。

再打，還是打不通。

鄭歎想著，他都將事情跟六八說過了，昨天還特意又發了封簡訊讓他記著那天的話，六八也回覆了，應該有準備才對，可是現在電話卻打不通……

也不一定是六八出事，可能是通訊故障。

這天晚上，新聞、報紙、網路上都在說今天下午蜀都西北地震的事情。很多學生打電話給那邊的同學、朋友、親戚，打不通、占線的情況很多。

鄭歎出去又打了通電話給六八，依舊打不通。或許六八所在的地方更偏僻一些，不在大城市區域，如果是偏山區的靠近震央的話，估計會遇到很大的麻煩。

這一夜，很多人注定無眠。

鄭歎第二天沒待在家裡，跑到老瓦房那邊打開手機等著，他迫切想知道六八那邊的事情，以及有多少人做了預防、多少人能因此倖存下來。

在鄭歎等候著的時候，蜀北離市區有些距離的小鎮，原本的居民樓很多都塌陷了，地面也沒了路。

◆◇◆◇◆◇◆◇◆

六八坐在廢墟之上，沒辦法，到處都是廢墟。從昨天下午到現在，他都沒合過眼。當時他所在的那個考察團正在一所小學考察，他提前一天費了些心思勸說了帶隊的人，下午在寬闊的操場開會，全校會議。

操場很大，地震發生的時候教學樓有一部分塌陷了，雖然當時發生過混亂，但大部分人都倖存下來了。而六八自己，則一直和隊裡幾個人幫著救援，直到現在才坐下來緩口氣，再不歇息估計就直接倒了，他灰頭土臉、腦袋昏沉沉的，眼裡通紅全是血絲。

這要是以前，六八絕對不會想到自己還會冒著生命危險去救人，自己能逃命就不錯了；可現在，他沒吃飯，只喝了幾口不怎麼乾淨的水，一身狼狽，跟著幾個人一起從廢墟中搶救倖存者。

隊裡有個看起來很怕事的人，六八一直覺得這人太孬、太軟弱，不像個男人，但對方卻跟著六八幾人一起從昨天忙活到現在，狀態比六八還差，剛才差點栽倒，才被人強制按下來休息，以這種狀態，不僅自己受苦，也可能會在救人的時候出差錯。

餘震還在繼續。

英雄？狗熊？只有真正到那地步了才能看得出來，人能夠做到哪種地步，或許連他自己都不知道。

六八用沾了灰塵的滿是傷口的手捏了捏眼角，摸了摸口袋，摸出一根變扭曲的菸，打火機不見了，但他的鑰匙串上有個迷你的打火裝置，點燃之後六八使勁吸了一口。

以前被人捆綁著也能靈活解開繩索的手，現在卻控制不住的抖著。六八一直自詡處變不驚，能做到泰山崩於前而色不變，但現在他才知道，自己還是高估了自己。

他抬頭看看天空，沒什麼陽光，天陰陰的。

劫後重生，卻很奇異的沒有多少喜悅。

如果，能告訴更多的人……

只是世上沒有如果。

菸草讓那股由驚恐和疲勞導致的僵硬感軟化一些，也有了些力氣。

前面不遠處，裂開的地面就像在人們心中硬生生撕開的口子，周圍那些撕心裂肺的哭喊已經不知道聽了多少。在殘酷的大自然面前，人的生命如此之脆弱，一眨眼就沒了。曾經的偉大與浮華也如此不堪一擊。

從褲袋裡摸出手機，當時由於通訊全部中斷，打不了電話，也沒用上，後來幫忙救人的時候摔了，差點被上方的水泥板砸碎，好在ＳＩＭ卡還能用，而且他還有另一部手機放在背包裡。不過，現在通訊還沒有恢復，依舊用不上。

一根菸抽完，六八覺得有了些力氣，腦子也清醒不少，起身拍了拍身上的灰塵，繼續回去幫忙救人，也將那些已經遇難的人抬出來。

鄭歎接到六八的電話是在地震發生後的第三天。

六八那邊能打電話之後，便收到了很多人的電話和簡訊。六八沒什麼親人，這其中大部分都是六八的朋友和前幾天他打去提醒過的人。真正算得上六八朋友的人不多，金龜是其中之一，也是僅有幾個知道六八動向的人之一。

「你他媽的果然還活著！」

金龜這兩天都沒睡著，隔一會兒就撥電話，然後在網路上關注相關資訊，現在終於撥通了。

六八沒有跟金龜多說，時間緊迫，金龜在確定六八還活著之後緊繃的神經就鬆弛下來，簡單叮囑之後便睡覺去了。

除了金龜之外，六八還接了幾通電話，快速翻看了手機上的資訊。他雖然年紀不大，但接過的案子不少，在這個區域也認識一些人，各行各業的都有，甚至還有政府機構身居高位的。這些人在震撼、恐懼和悲痛過後，都打電話想找六八問情況——為什麼六八能知道這件事情？這是天災，不是人禍，極難去確定的。如果不是六八提示他們，他們或許已經被埋在廢墟之下。

六八暫時沒去理會他們，換了張手機ＳＩＭ卡，將壞手機裡面的那張卡裝上去，然後撥電話給四個6。

這次對方沒有關機，很快就接通了。

六八深吸一口氣，突然不知道該說什麼。

那邊依舊是不變的沉默。

沉重的沉默持續了將近一分鐘，六八才出聲，聲音有些艱澀、嘶啞。

「你是誰？」

有太多的問題、太多的為什麼、太多的不可思議，最後卻只問出了這三個字。

六八曾經問過很多次這個問題，但從沒像現在這麼迫切的想知道對方的身分。

預言已成真，當時坐在馬桶蓋上的質疑和猜忌，現在已經連渣都不剩。如果沒有對方，自己早已和考察團的人一起埋在廢墟之下，那所小學也未必能有這麼多倖存者。

「你是誰？」

因為對方的沉默，六八再次問了一句。雖然聲音不大，帶著些濃濃的虛脫和疲憊的感覺，但卻透著一股執著，大有你要是不說我就拚了老命去查直至查出結果的意思。

又是一段沉默。

「你、是、誰？」

第三次問，一字一頓，其中包含的情緒較之前更甚。

六八以為自己問了三次對方依舊不打算告知，等著對方掛斷電話的時候，電話那頭響起了一陣輕微的窸窸窣窣聲。

沒有耳機，昨天壞了，所以六八將手機緊貼著耳朵，將所有的注意力全部集中在這上面。滴答的敲擊聲從手機喇叭傳來，六八抬手在眼前一塊裂開的堆了一層粉塵的木板上寫下一個一個字母。手指表皮已經有些乾枯，動的時候還有傷口裂開，可六八就像察覺不到似的，專心致志在木板上寫下翻譯過來的五個字母——

「g·h·o·s·t」

幽靈？鬼魂？

六八還沒來得及深想，喇叭裡就傳來掛斷電話的嘟嘟聲。

剛掛斷電話，又一通來電。

六八接通了，同時用沒拿手機的手掌將木板上的灰塵擦乾淨，那五個字母也隨之消失。

「我艸！六八你沒事吧？老子差點被埋自家屋子下面啊我艸！要不是你提醒……對了，你……你怎麼會知道這個……誰告訴你的？」

能直接叫出「六八」這個名字還用這種語氣的，和六八的關係顯然是不錯的。

「……神。」六八深吸一口氣，輕嘆道。

「你他媽耍我？！不帶這樣的……」

沒等對方多說，六八掛斷手機，調成靜音。看著視野中災後的小鎮，往前走去。

——鬼？神？

——無所謂。

——遲早把你找出來！

◆◇◆◇◆◇◆◇◆

因為這個災難，全國都瀰漫著一股沉重的氣氛。

焦爸手下也有學生的老家是在那邊的，雖然並不在重災區，但焦爸還是放了那個學生的假，讓那學生先回家看看，安安心。

學校不少院系都組織了捐款，各系裡或多或少都有家在那邊的學生。

鄭歎現在基本上沒出門了，出去到哪裡都能聽到人們討論地震的事情，報紙上一個個頭條、每天的新聞、學校早上的廣播、校園裡的募捐宣傳……

當年鄭歎並沒有關注過，現在經歷這些，才明白現實比他想像的還要慘重得多。翻動著網頁，上面有篇帖子記錄了義工在那邊拍攝到的一張張照片。額頭包著繃帶的孩童茫然看著一片的斷壁殘垣，比焦爸還年長的鐵一般的漢子跪在地上哭得一塌糊塗……

在這期間，鄭歎偶然碰到戴著墨鏡出來散步的阿金。聽他說，原本他們打算立刻過去災區，卻被經紀人勸住了，危險是一方面，重要的是這救災最開始的七十二個小時應該留給專業救援隊和有經驗的義工，他們這種明星去了不僅幫不到忙，甚至可能會帶來不小的麻煩。

就像網路上有些義工說的，他們抱著一腔熱血去了災區之後，發現自己沒經驗，有時候甚至還派不上用場，見識過巨大災難救援現場的人，都會覺得自己的渺小。不過他們能學，能幫多少就幫多少。

一週之後，很多娛樂網站都變成了黑白色，以哀悼這次災難中的遇難者。

小郭他們寵物中心的官方網站也變成了黑白色，同時小郭在網站首頁掛上了一封信。信的內容是，他們工作室將停工一個月，也就是說，在這一個月之內不會有新的廣告和影片出來，而小郭自己也將帶著手下的一部分人前往災區。

這不是小郭自己決定的，但畢竟他在綠翼協會內身兼要職，而綠翼協會要派人過去那邊抗震救災，也要將一部分的救濟物資帶過去，其他協會都出力了，沒理由他們協會放任不管。

說到這個，原本安排的人並不是小郭，畢竟小郭確實太忙，但是安排的那個人卻找了藉口推脫了。那人從一些管道聽說犧牲的救援人員比報導的還要多得多，現在還有餘震，依舊很危險，便將原本打算透過這次事件替自己多加點光環的計畫取消了，光環也沒有命重要。

大家都推脫來推脫去的浪費時間，小郭知道後，沒說太多，跟幾個高層聊了一會兒，便回去打理好寵物中心的事情，開會後的第二天就帶著人往災區去了。

鄭歎每天都會刷一遍寵物中心的官網，那裡有很多人留言。官網首頁旁邊有一個捐款的記錄表，顯示的雖然不是真實的人名，但每一筆款項都記錄著，到時候這些錢全部會捐給災區的人。

寵物中心的顧客有不少是土豪，之前有人已經透過其他管道捐助過了，但在這裡他們又捐了不少，這其中有些熟悉的帳號鄭歎能夠對得上人，有幾個是鄭歎以前挺看不順眼的，覺得那些人脾氣差又裝帥，但現在看來並非完全如此，從他們的留言中就能看出來，他們有些人甚至還去做了義工、放上一些照片，阿曼尼都變成泥瑪啊了，完全看不出是個身價數億的人。

鄭歎也捐款了，他把銀行提款卡給了焦爸，讓焦爸他們可信的管道去捐助。而捐款之後，鄭歎的存款直接癟了一半。過年那時候的捐款在存款中所占的比例並不大，但這次就不同了。

將焦爸遞還的提款卡重新放回抽屜鎖好，鄭歎琢磨著等這次事情過去之後，就得努力工作。

鄭歎在關注救災的同時，也會搜索一下某些資訊。現在網路上有不少人發帖說地震之前有各種預兆，還有人早就發出了預言，另一些人則認為這是瞎胡扯，雙方吵來吵去一直不停歇。最後有人看不過去，將兩方都批了一頓：「都發生這種事情了，還不嫌亂嗎？有這麼多時間去爭執，還不如多幹點實事多幫些人，成天待網上指手畫腳該這樣該那樣，還真以為自己是根蔥了。」

這類帖子不少，鄭歎看到現在也不能確定哪些是真實的、哪些是瞎編的，其中又有哪些是他影響的，總之最後都被一些人和了稀泥。

如果，六八真的告訴了很多人，這些帖子裡面所說的只要有五分之一的情況是六八造成的，那也算不錯了，救了不少人。

就是不知道事後會不會有人追究而往深處查。

為了避免那些無可預料的麻煩，鄭歎決定最近都不開手機，直接將ＳＩＭ卡拿出來藏好。

◆◇◆◇◆◇◆◇◆

由於寵物中心那邊近一個月都沒拍片工作，小郭他們也不在，鄭歎便沒往那邊跑。不過，鄭歎沒過去，那邊倒是一通電話打了過來。查理打的，直接打到焦爸的手機上，於是焦爸當天吃完晚飯之後沒有再去生科院，而是帶著鄭歎去了寵物中心。

工作室的貓和寵物中心收養的貓並不在一起，像經常拍廣告的美短貓王子，牠的貓窩就在工作室裡，小郭這樣做也是為了讓牠們更熟悉工作室的氛圍，畢竟貓在陌生的地方總是不能很好的適應。

從工作室擴大改建之後，現在的工作室就像貓的遊樂場一樣，從牆角到天花板都有很多貓的爬梯和走道。像小郭說的，貓也有脾氣、也有情緒，心情好了，拍攝的時候眼神都亮一些。

之前小郭帶著人去了災區，按照他掛在官網首頁的資訊，至少也得半個月，現在這才過了一週，他不會這麼快就回來。

小郭確實沒回來，鄭歎進工作室的時候也沒什麼人，只有查理和另外一個工作人員在。

那個工作人員之前跟著小郭一起去了災區，但在那邊餘震的時候不慎受了傷，身體狀況也不太好，便被小郭派了回來。和他一起回來的還有幾個綠翼協會的人，不過回到楚華市之後大家就分開了，而他則回了寵物中心，由查理去接回來。

與那位工作人員一起回寵物中心的，還有一隻貓。

看上去兩個月大，毛色跟阿黃一樣，也是普通的田園貓，只是這隻小黃貓沒了前肢。聽那個工作人員說，牠是在地震中受傷的，救出來後做了截肢，原本以為小貓免疫力差，又經歷了事故和手術，難以活下來，沒想到牠還真的緩過來了。

小貓斷腿之後引起炎症和腫脹，雖然已經治療好幾天了，小貓也緩了過來，但看上去還是病懨懨的，查理和那個工作人員每天輪流看護。

說到救貓，小郭帶去的人很多都被拉過去幫忙救人了，雖然他們大多是獸醫，但相比起那些年輕的、沒啥經驗的義工來說要可靠一些，換藥、簡單的治療和看護，除了大手術之外，其他的工作他們還真的都幫得上忙。

而這隻小貓，是一名義工送到小郭他們所休息的地方。救出這隻貓的是一隻叫「仔仔」的搜救犬，仔仔將這隻小貓叼出來後，小貓便立刻被轉移到了義工手上，畢竟搜救犬還有很多工作，至於怎麼處理那隻小貓，沒多少人在意。人命才是最大的。

義工們也不知道該怎麼辦，這隻小貓的兩條前肢傷得太重，看上去要廢了，他們都不知道這隻貓是怎麼活下來的。義工們將小貓帶回去還被帶隊的人批了一頓，人都救不過來，誰還救貓？即使他們之中雖然有學醫的，但卻不是獸醫，也沒啥經驗，只做了簡單的處理；不過，在知道小郭他們之後，便立刻送過去了。

小郭手下一名獸醫替牠做了截肢手術，好在帶著的獸藥還有一些，工具也有，雖然條件遠比不上在寵物中心的時候，而且容易感染，但現在也只能這樣了。能活下來，是這隻貓的運氣。

說到這裡，其實也用不著鄭歎幫忙，可是小貓過來這邊之後查理他們也有煩惱，因為這隻小貓貓經常叫，一叫起來就引發了連鎖反應，而寵物中心裡有一隻貓也愛叫，只是平時其他貓都不叫，牠也就消停了。事實上，拍廣告的時候牠也叫過，被鄭歎小揍了一頓才好些。

現在這隻貓因為小貓的叫喚而越鬧越厲害，連帶著這邊的貓一隻隻都焦躁了，安撫不下來，查理還想著是不是貓也知道恐懼，恐懼從小貓傳到其他貓那裡，才導致現在的情況。他打了電話彙報給小郭，小郭沒多說，只讓查理找鄭歎。鎮鎮場子牠們就消停了。

其實整個寵物中心，能鎮得住場子的並不只有鄭歎，還有李元霸和花生糖。

李元霸？

以前確實鎮過，效果還不錯，這也是為什麼小郭放任李元霸一直待在這裡的原因。只可惜最近李元霸誰都不搭理，連小郭的面子也不給，整天窩在小郭的休息室裡面，現在連每週一次的例行體檢都不幹了。之前小郭想強行將李元霸帶去體檢室的時候，牠還差點對小郭動武，最後是小郭他老婆、李元霸的正牌飼主燕子過來安撫的。

原本他們擔心李元霸年紀到了、開始衰老，但後來觀察好像並不是這樣，牠撓起人來一點兒都不輸給當年，所以這事就暫時放下了。再加上現在燕子還要照顧孩子，不能每天往這邊跑，而小郭奔災區去了，工作室的人就更不敢拿李元霸怎樣了。

花生糖？

那就更不行了，以前小郭也試過，結果花生糖對牠們實在不客氣，以至於那隻被揍的貓接下來一個月都一驚一乍的，整隻貓都清減不少。自那之後，小郭就不指望花生糖來鎮場了。

於是，便有了查理打電話給焦爸，讓他將鄭歎帶過來的一幕。

鎮場子容易，鄭歎聽後想到的則是李元霸的情況，他還特意到小郭的休息室看了看。李元霸側躺在沙發上，乍一看沒什麼異常，但鄭歎卻莫名想起了第一次見到李元霸那時候的情形。

當初鄭歎第一次見到李元霸的時候，這傢伙就懷花生糖了，那時候牠的飼主燕子才剛知道牠是隻母貓。

想到可能的情況，鄭歎決定，自己還是暫時不要來寵物中心了，就算被他們叫過來了也不能在這裡久待，尤其是小郭的休息室，這段時間絕對不能再進去，到時候要是真像鄭歎想的那樣，小郭將事情栽到自己身上那就說不清了，除非再次來個ＤＮＡ鑑定。

當初虎子的事情焦爸替鄭歎做了親子鑑定，考慮到還有這樣的方法澄清自己，鄭歎也不是太擔心了，大不了到時候再讓焦爸出馬。

至於這胎到底是誰的，鄭歎想到了二毛他閨女百日宴前兩天，和二毛還有衛稜一起去凱旋的時候聽他們說起的事情。

從三月份開始，葉昊過來的時候都會將爵爺帶在身邊，不知道是出於安全的考慮，還是因為其他。如果真是這樣，這胎估計又是爵爺的崽了，就是不知道生出來會是個啥樣。還有就是，爵爺和李元霸這兩個是啥時候碰面的，葉昊知不知道？

搖搖頭，不再繼續想下去，既然現在工作室這邊的貓又安分下來，鄭歎立刻跟著焦爸回家。

由於焦爸沒有太多時間，所以寵物中心那邊再有事的話，查理會直接過來把鄭歎接過去。

每隔幾天，工作室那邊一鬧起來，查理就過來接鄭歎一趟，雖然查理和那個工作人員都說是那隻小貓的原因，但鄭歎想著，這裡面是否還有一些李元霸的因素在內，或許什麼時候爵爺悄悄來過也有可能。

來的次數多了，鄭歎也能看到那隻小貓的康復程度。就像查理他們說的，這隻小貓的生命力太強了，在災難中受這麼重的傷活下來不說，現在精神還不錯，雖然沒了前肢，走動的時候像袋鼠似的跳，但只要有活力，就是個好現象。

小郭那邊得空的時候囑咐過查理他們，好好照顧這隻小貓，他們到時候會為這隻小貓做個專題，既能再募集一些捐款，對綠翼協會和寵物中心的名氣也有好處。得到的捐款會捐給發現小貓的那個災區用於災民的生活和災區重建工作。

至於這隻小貓的名字，是小郭取的，叫「狗仔」。很難想像一隻貓竟然套了個狗名。

後來鄭歎聽到查理他們議論才知道小郭取這名字的原因。

救這小貓的那隻搜救犬名字叫做「仔仔」，聽說出身於搜救犬「世家」，牠爹當年是一隻背了不少榮譽的搜救犬，名字叫「king」。仔仔當初的名字並不叫仔仔，而是叫「K仔」，用了牠爹名字中的首寫字母，但後來因為「K仔」這個詞涉及到某些敏感的違禁物品，便改成現在的「仔仔」。

小郭替貓取這名字的意思就是，這貓是被狗救的，而狗的名字叫做「仔仔」，所以便直接取名叫「狗仔」了。名字嘛，叫得順口就行，聽聽，狗仔多順口。再說了，燕子都能替她的貓取名叫「李元霸」，那麼替這隻貓取名叫「狗仔」也算不上多古怪。

工作室的貓即使有時候鬧彆扭，但性子也算是比較和善的，沒多少攻擊性，在對待狗仔上也還算平和，有幾隻貓還經常為狗仔舔舔毛。

寵物中心官網上新開了個專區就是關於狗仔的，從手術後到現在的回復情況在上面都有說明。因為狗仔的原因，不少貓友再次捐了些錢，有些還親自過來寵物中心看過。

◆◇◆◇◆◇◆◇◆

從地震當日開始，五月剩下的日子，一直到整個六月，那股沉重感一直沒退下去。

阿金他們去了災區，現在有一些明星也往那邊過去了，不管是網路上所說的作秀，還是他們真心實意，只要能夠給災民和災區的重建工作帶來幫助，那就行了。

小郭是六月中旬回來的，而他回來的第二天，還沒從災區那邊積累的情緒中緩過神來，李元霸就生了。

大清早，小郭吃完早餐捧著一杯茶晃進休息室的時候，看到沙發上的情形，差點將手裡的杯子甩出去。

燕子聞訊過來，還帶著滿滿的歉疚，她這兩個多月來都忙得很，尤其是最近這一個月，又是照顧孩子又是擔心小郭，雖然之前聽到李元霸有些異樣，卻也沒往那方面想，沒多照顧牠，現在知道李元霸異常的真正原因之後那個心疼啊，嘴裡還念叨著李元霸這段時間來有沒有餓著。

小郭也怕因為營養的問題而影響大貓小貓的身體，可李元霸不配合檢查，壓根就不准除了小郭和燕子之外的人進門，一有人進門李元霸就吼，那眼神看得人心裡毛毛的。因為李元霸現在低調多了，所以很多人都忘了這隻貓當年其實是很凶的。

不過，小郭很快就發現他和燕子好像都白擔心了。他放在休息室裡的一些吃食，還有工作室的一些儲備糧，都少了一些。

據查理反映，冰箱裡的雞丁時不時就少掉一些，只是他們當時都沒在意，現在看來大概直接進了李元霸的肚子裡。翻箱倒櫃這種事情，李元霸平時不做也沒人知道牠有這能耐，或許偷偷幹過這類事情，只是沒被人發現，當年鄭歎還跟著牠學過幾招翻窗戶，可見這隻深藏不露的貓其實是很有能耐的。

鄭歎在工作室開工的那天才知道李元霸生貓崽的事情，不過，小郭將事情瞞得緊，除了工作室的人之外，寵物中心那邊賣場和診所的一些人都不知道李元霸生貓崽的事情，工作室的人也應該被小郭告知過，所以沒往外露消息。

這讓鄭歎很疑惑，到底生了怎樣的一個小傢伙，才會讓小郭瞞得這麼緊？

看了眼坐在攝影機旁心思卻完全不在拍攝現場的小郭，鄭歎心裡的好奇更深了。

此刻，工作室有幾個看過小貓崽的人，包括查理，心裡也琢磨著，那貓崽到底是誰的種。小貓現在還不能看出其他特徵來，要等牠再長大點。至於毛色……想了想那隻小貓的毛色，他視線往工作室內的貓身上掃一圈，還是沒頭緒。老闆娘燕子說未必是寵物中心的貓，如果有那傾向的話，也不至於等到現在，李元霸對那些貓也看不上眼。雖說貓未必跟人一樣談感情，但幾年下來也就只有一隻花生糖，這也是事實。

再說了，寵物中心的公貓「太監」挺多的，可能性又小了一些。最後，查理的視線放在鄭歎身上，看得鄭歎鬍子抖了又抖。

——天殺的，果然又被懷疑上了！

不過，查理想起花生糖。也不對啊，花生糖是長毛，再說那體型一看就跟鄭歎對不上號。如果這隻小貓也是長毛而且體型夠大的話……

敲了敲額頭，查理回想了一下這周圍的長毛貓，尤其是森林貓種，還是想不出來。

快中午的時候燕子過來了一趟，拎著飯盒，裡面是她為李元霸做的貓食。小郭也不在拍攝現場待了，和燕子一起來到休息室。鄭歎趁這機會趕緊跟上去，想看看那隻貓崽到底長啥樣。

查理和其他幾個正在吃午飯的工作人員伸了伸脖子，沒過去，他們可不許靠近那邊。

花生糖這幾天也沒出去挑場子了，蹲在休息室不遠處看著那邊，時不時走到門前嗅嗅門縫，不知道是不是意識到裡面有自己的弟弟或妹妹，其他人過來的話，牠還幫著李元霸趕人。

鄭歎依舊是個例外，花生糖見到鄭歎之後沒有像見到其他人或貓那樣表現出攻擊意向，和往常一樣走到鄭歎眼前蹭了蹭，一如當年那個被李元霸帶著在外閒晃的小不點。

小郭和燕子看到後，原本還打算將鄭歎勸走的，現在也不吱聲了，他們也想看看李元霸會不會把鄭歎趕出去。

房門打開後，花生糖在門口探頭探腦，跟著鄭歎擠進來，但沒靠近，就蹲在門那裡，脖子伸得老長，好奇的看著沙發那邊。

鄭歎往裡走了幾步，李元霸發出警告聲，不過也僅僅只是警告聲，不會像看到其他人那樣表現出極強烈的警戒和攻擊意思。

停住之後，鄭歎跳上一旁的椅子，微微立起身往沙發上看了看。沙發已經被小郭在邊沿圍了一圈，防止小貓崽掉出來，沙發周圍的地面也墊著厚厚的毛毯，以防萬一。沙發墊上墊著李元霸以前用過的墊子之類的東西，方便換洗，也讓李元霸能更快適應。

此刻，李元霸側躺在沙發上，在牠肚子那裡，窩著可疑的一團。

——那是什麼？火龍果嗎？

這兩天焦媽買了一些火龍果，所以鄭歎看著那一團就想起了火龍果的果肉。

當然，那一團身上的斑點其實也沒像焦媽買的火龍果白色果肉裡的黑色種子那麼密集，真要說起來，毛色花紋最像的就是學名大麥町犬的斑點狗了。

是的，此刻窩在李元霸懷裡的那隻小貓崽，毛色極似斑點狗。鄭歎見過不少黑白花色的貓，但是像這種黑點長成這樣的，還是第一次見到。黃毛打底的話還能說像豹子，但這隻可是白毛打底，只有黑白兩色。

難怪小郭將消息瞞得緊，就怕有些人好奇硬要過來看而驚擾了李元霸，貓友裡面有不少有錢有地位的人，現在他們要是好奇了硬要過來看，小郭拒絕的話肯定會得罪人。而且燕子也說了，這貓不賣，要自己養著，小郭索性直接封鎖消息。

和當初花生糖的情況一樣，李元霸只生了這麼一隻，這貓崽的體型比一般小貓崽要大。

燕子跟小郭正在討論為這隻貓取什麼名字。

花生糖是按毛色來取的名，小郭打算這隻也按毛色來。昨天燕子吃黑芝麻雲片糕的時候還提起過小貓崽，想了想，小郭道：「要不就叫黑芝麻吧！嗯，簡稱芝麻。」

不知道是李元霸年紀來了懶得動，還是牠現在改變了教育孩子的方式，又或是知道了這隻小貓崽的毛色容易引來麻煩，總之，小芝麻並沒有被李元霸帶著到處跑。

想當年花生糖可是被李元霸叼著到處閒晃的，現在李元霸基本上就只待在小郭的休息室，沒有到處亂跑，而小芝麻就不同了。

與當年的花生糖一樣，小芝麻長得很快，比同齡的其他貓都要明顯大上一圈，而且這種趨勢隨著成長也越來越明顯。一個月的時候，這小傢伙就顯示出了牠不安分的一面，到處跑、精力旺盛，跟狗仔一起是工作室這邊這個夏天最活躍的兩隻貓，連花生糖都比不上牠們。

現在小郭在休息室放了一個貓跳臺，李元霸有時候被芝麻惹煩了就跳到貓跳臺高處，有時候也趴沙發。不過沙發太矮，小芝麻就算爬不上去也會在周圍撩嫌。

貓跳臺靠近地面也有一個貓窩，那裡是小芝麻睡覺的地方，李元霸有時候也在那裡睡。

因為休息室有了這母子倆，小郭也將休息的地點換了，不然在這裡別想安靜的休息，芝麻太不安分了。

第三章

爵爺一家團聚

七月底的時候，鄭歎被查理接過來寵物中心這邊，這天是例行的工作時間。

氣溫已經飆到三十八度了，室外——尤其是大馬路上溫度更高，汽車廢氣和空調排放的熱氣讓整個城市的氣溫再次往上跳幾度。

不過，再熱也得工作。

好的是，寵物中心工作室內有空調，鄭歎不用擔心被熱得暈過去。說起來，貓本身的體溫就比人高一些，相對而言，大部分的貓都比較耐熱。但是在工作室這邊的貓中，有幾隻很喜歡泡澡的，這時候因為天氣而泡得更多，別的貓看到水就跑，牠們則歡騰的跑過去。

聽說，芝麻也是一隻喜歡泡澡的貓。某天這小傢伙自己翻進一個裝著水的洗臉盆裡面，一個工作人員過去打算洗臉的時候發現盆裡漂著一隻貓，獨特的斑點毛色顯示，這正是老闆和老闆娘特別寶貝的那隻，當時那工作人員嚇得臉都白了，畢竟洗臉盆是他放在那裡的，這貓要是溺死在這盆裡，他都不知道該怎麼交代。

哆哆嗦嗦的伸手過去碰了碰，結果小芝麻抬起頭很不耐煩的將那工作人員的手指推開，然後在洗臉盆裡滑了兩下，繼續「漂」在裡面。

才一個月大的貓，免疫力差，洗澡都要特別注意，何況還是涼水？

小郭聽那個工作人員說了後，顫抖著心立刻將小芝麻提過去吹乾毛檢查身體，卻發現這小傢伙健康得很，接下來觀察幾天，一點兒毛病都沒有，還每次都喜歡往有水的地方跑。花生糖和李元霸也由著牠，壓根不管，沒辦法，小郭又得分心去注意這個不安分的傢伙。

今天，鄭歎一進工作室就發現氣氛不對。

今天並沒有發現那個全身斑點的傢伙，只有狗仔在拍攝場地那邊拍攝，而其他貓，一個個看上去都不在狀態似的，像是警戒著什麼，又像是在害怕，有一隻還縮在窩裡，不管負責照顧牠的人怎麼安撫也不出來。合作拍攝這麼久，以鄭歎對牠的瞭解，這隻貓要不是受到驚嚇，察覺到危機或者強烈的不安，是不會出現這種樣子的。

嗅了嗅室內的氣味，鄭歎心裡驚訝。

——那傢伙竟然來了？！

跳上窗戶邊的桌子，鄭歎往外看了看，有兩輛看上去並不起眼的車子，剛才從外面進來的時候沒注意，現在仔細看看，車裡的司機以前好像見過，是唐七爺還是葉昊的司機來著。

看來是有人帶著爵爺過來這邊看老婆和孩子了。

難怪工作室的那幾隻貓都不在狀態中，連幾隻好脾氣的狗都是一副如臨大敵的樣子。相比之下，狗仔就要特別得多了，像是壓根沒察覺到似的。

剛從災區救出來的時候，狗仔大概是兩個月貓齡，到現在七月底，狗仔也有四個月大了，相比起剛被送過來的時候，現在的牠不再是一副瘦弱的可憐樣了，結實很多。兩條被截肢的前腿只隻留下短短的一小截，平時站著的時間也不少，剛開始只是跳動，跳起來的時候像袋鼠似的，後來還慢慢嘗試著用兩條後腿走路了。

寵物中心的人時刻關注著狗仔的身體狀況，食物也是專門調配的，恢復到現在的樣子除了大家的功勞之外，狗仔自己也確實夠堅強。

平時其他貓要是不理牠，牠就跟芝麻一起玩，滿工作室跑，或者去找工作室經常參與拍攝的那幾隻好脾氣的狗，有時候還趴在同一個窩裡睡覺；或許是因為不能像其他貓一樣跳爬到高處，再加上被狗救的，狗仔跟狗相處的時間更多。工作人員有時候也會逗一逗牠。

經歷過大難的貓，要麼變得更加膽小，一點兒風吹草動都能驚嚇住，要麼就變成狗仔現在這樣，抗壓能力特別強。寵物中心裡那麼多貓都因為爵爺的到來而不在狀態中，一直保持著一種警戒和恐懼感，恨不得躲在窩裡不出來，可狗仔不是，這傢伙就算只有兩條腿也依舊和平時一樣蹦躂個不停。

這是小郭和工作室的人樂意見到的，不管從哪方面來說，這種狀態的、充滿了活力的貓，拍成影片的話能起到正面能量作用，現在社會正需要一些正面能量。

因為其他貓今天都狀況不佳，小郭讓工作室的人先拍狗仔，讓鄭歎也配合一下。看來，今天是指望不上其他貓了。

有了鄭歎的加入，尚不知道怎麼配合的狗仔出錯的機率也少了，很多時候都是鄭歎引導著牠去動作，這也讓工作人員心裡舒了一口氣。畢竟，就算狗仔精力旺盛，那也只是隻小貓，還是傷殘的，累著了他們也心疼。

結束拍攝之後，鄭歎想著好久沒見到爵爺了，打算過去看看現在爵爺有沒有變。

循著氣味，以及聽到房間裡傳出來的微小聲音，鄭歎來到門前，看著門鎖，跳起撥了一下。門沒鎖。打開後，鄭歎探頭進去。

房間裡站著四個人，小郭、燕子、唐七爺，以及一個跟著唐七爺的人。四隻貓，爵爺、李元霸、花生糖和芝麻。

爵爺依舊是老樣子，四年如一日，看上去還是跟四年前差不多。很多人說，貓被圈養起來之後會失去一些原有的野性，就像寵物中心裡這些脾氣相對來說還算和善的貓一樣。爵爺跟著葉昊和唐七爺已經四年了，但那股殺性卻沒有消散，鄭歎能感覺到，牠當年能殺人，現在照樣能，或許已經再次殺過了，畢竟牠現在可是跟著葉昊和唐七爺，再次遇到危機情況也有可能。

不過，不管是不是凶殘的貓，爵爺對李元霸、花生糖和芝麻倒是挺好的，挨著李元霸趴在那裡，由著花生糖和芝麻圍著牠咬手撓爪著折騰。

小郭陪唐七爺坐著，說說自家這三隻貓的事；唐七爺帶著微笑，拄著楞杖，坐在沙發上聽。看到鄭歎，唐七爺還打了個招呼，他知道鄭歎。

至於寵物中心這邊李元霸牠們的事情，鄭歎猜想，唐七爺大概當年將爵爺放在身邊的時候就查清楚了。或許，這兩年爵爺沒少往這邊跑，估計都是唐七爺默許的。

只是，就像焦爸當初所說的，爵爺的血緣和來歷注定了牠與一般的貓不同，同時也導致生育率低，這幾年下來李元霸就生了兩隻，但這兩隻都是「精品」。花生糖就不用說了，有多強悍，問問這一帶養貓的人就知道，牠挑場子的範圍擴大了些，敢跟狗對掐的名頭在外可是響亮得很。而還處在幼年期的芝麻，體質同樣過硬，精神也不錯，還長著一身特異的毛色。所謂貴在精而不在多，就是這樣。

唐七爺再次提了買芝麻的事情，小郭委婉的拒絕了。唐七爺也不惱，他只是說一說，能行的話就再養一隻，不行就算了，無所謂，這樣的貓有一隻就足夠了，再多也容易出事，不好控制。

人家團聚，鄭歎就不過去湊熱鬧了，正打算往外走，小郭叫住他。

「黑碳，過來一下。」

小郭說著走了出來，帶著鄭歎走到另一個房間，那裡是他現在的休息室。

這幾年下來，小郭習慣了跟鄭歎直話直說，也不將鄭歎當作一般的貓了。

「楊總上週打了通電話給我，就是逸興文化的楊逸楊總，你知道的。他說那部紀錄片已經出來了，這週電視臺會播出。同時，他們還打算將這部紀錄片拍成一個系列，第二部準備拍明珠市，他想著，到時候要是有需要的話，可能還得請你過去幫一把。」

——嗯？那片子出來了？

說起來，鄭歎還挺看重那部片子的，雖然只是紀錄片，上不了黃金檔、上不了大銀幕，但這是鄭歎參與拍攝的第一部片子，不是寵物廣告，不是寵物宣傳影片，是正式的、正規化的紀錄片，他付出過心血的，化妝染毛都幹了。

就是不知道片子會引發怎麼樣的反響，評價怎麼樣。

「我琢磨著，姓楊的估計還在打你的主意，他公司現在好像要投資拍幾部片子，涉及到動物的，如果這部紀錄片反響好的話，他可能會找你去拍其他的。嗯，大銀幕的那種。」

頓了頓，小郭怕鄭歎來脾氣，又加道：「當然，重要的還是看你的心情啦！你和你貓爹怎麼決定，我不干涉，拍那些片酬合起來頂破天了也不就是十來萬嘛！但姓楊的開的是大公司，我們拒絕也得委婉些，別太鬧。哪天你要是混成Crystal那隻捲尾猴的程度，那就另當別論了，怎麼要大牌都隨你，我們還得抱你大腿。」

看著小郭邊說邊笑，鄭歎心裡嗤了一聲，聽聽，「不就是十來萬」這種話聽著就想揍一頓。不過，「Crystal」又是哪根蔥？

爵爺在寵物中心待了一天，然後跟著唐七爺一起離開了。不過，唐七爺似乎跟小郭達成某種協議，鄭歎有種感覺，以後在寵物中心見到爵爺的次數大概會多一些了，至少不像以前那樣一、兩年都難得見到一次。

花生糖和芝麻還是和李元霸一起留在寵物中心，牠們在這裡生活得很好，主要是李元霸在這裡，而花生糖也早已習慣了這裡的生活；至於芝麻，現在還小，小郭和燕子也捨不得將牠送人。

對小郭口中的捲尾猴Crystal，鄭歎獨自在家的時候偷偷上網查過，知道這傢伙是一個喜劇明星，片酬還高，富豪一個，不論是電視劇還是大銀幕都是這傢伙的身影。

小郭工作室的貓也有上大銀幕的，但那只是短短的幾秒或者合起來不過兩、三分鐘的時間，與人家真正的動物明星不同。

當然，鄭歎也不好去跟那位動物明星較勁，國情不同，社會規則、動物福利也有差異。再說了，鄭歎自己本身也是個特殊情況，不可能真的去跟那樣的動物明星攀比，焦爸說過了——我們要低調。

所以，對於小郭很神往的大銀幕，鄭歎雖然也有些意動，但也沒多想，畢竟各有各的活法。至於跟Crystal同臺競技，這個艱巨的任務就留給齊大大那隻獼猴算了，反正那兩隻都是猴子，還都走這條路。

◆◇◆◇◆◇◆◇◆

紀錄片播放的當天，得到消息的焦家人晚上坐在家裡客廳守著，誰都沒出去，焦爸也沒去生科院。一家四人加一隻貓都盯著螢幕。

鄭歎看了看很認真盯著螢幕看廣告卻沒顯露出不耐煩的四人，突然有些感想。僅僅只是一部紀錄片而已，竟然會讓焦家一家人都坐在電視機前早早等候著，焦爸連今天晚上的一個會議都推掉了。

即便之前焦爸跟鄭歎說要低調，但真正到了這時候，焦家四人卻都抑制不住激動，帶著點自豪、與有榮焉的感覺。

如果是電視劇，又或者是真正上了大螢幕，焦家四人會不會更激動？畢竟在大多數情況下來說，紀錄片對公眾的影響力比不上電視劇和電影，而鄭歎自己在小郭那個工作室拍攝的也只能算是小打小鬧，取悅一些網路觀眾而已。

——要不要，再往上發展發展？

在鄭歎思索的時候，那邊焦遠激動的說道：「開始了！開始了！」

鄭歎抬頭往電視機那裡看過去，上面顯示著紀錄片的名字——《城市·人·貓》。後面還有個副標題——「京城貓事」。

看著標題就知道楊逸那傢伙早就想拍成系列片了。這部是京城篇，下一部是明珠篇，下下一部不知道會是哪個城市，難道楊逸會將國內的重點城市都拍一遍？應該不會。

這部紀錄片也不長，廣告加起來都沒一個小時。

有鄭歎的鏡頭的時候，焦家幾人很激動，雖然上面的鄭歎是染過毛的，但對焦家幾人來說，黑碳依然是黑碳，四人還點評了一下鄭歎在裡面的角色和演技情況。當然，其他貓也有討論，包括大米和小米，還有別的貓。

從老京城到如今現代化高樓聳立的首都城，不同的風景，生活著的人以及那些活躍在各處的靈活的身影，在螢幕上一一呈現。

家養的、流浪的、住豪宅的、蹲小巷的、高貴的、土氣的、正經的、神經的……但不管是哪種，楊逸想表現出來的，就是那股屬於京城的貓們的靈氣和痞勁。

當初，在鄭歎看來，那邊的貓也沒啥特別的，但透過這片子一剪輯一處理，給人的感覺就完全不同了。

難怪人們說，上了螢幕就是不一樣。鄭歎看著上面的自己都覺得頓時文藝了起來。

不同的故事、不同的場景，伴隨著不同的音樂，觀眾們跟著紀錄片一起回憶，有人回憶當年的胡同老巷，有人回憶記憶裡那個模糊的、現在只能在一些老照片中看到的小身影，也有人在回憶曾經生活在那裡的與之相關聯的人和事。

當初參與拍攝的時候並不覺得怎樣，但真正製作出來，鄭歎卻發現片子很帶動人，能引起很多人的共鳴。

鄭歎參與拍攝的那幾個「回憶」的場景中，還插放上了楊逸外公生前拍的那些貓的照片，每一張都記載著那個時代的城市、那個時代的人，以及活躍在那個時代的貓。

片子片尾還引用了《PETWORD》雜誌某編輯的話——

「我們也許居住在不同的城市，看不同的風景，過迥異的生活，每天和不同的陌生人擦肩而過，帶著各自的心情打開家門，而迎接我們的卻是同一種幸福。當你抱著貓兒溫暖的身體靜靜地觀察這座城市時，是否知道：這裡有多少故事與貓有關，別的城市又在發生著什麼？我們，是因為有貓才愛上這座城，還是因這座城才擁有了貓？」

看完之後，焦爸又去搜索了一下這片子的官網。

既然打算拍成系列片，楊逸也做了一個官網出來，那上面放上了新出的一些宣傳影片，已經做過處理了，是現在正在明珠市拍攝的一些片段。

這哪是打算拍，這明明早就開始動工了！甚至可能都已經快拍攝完畢！

鄭歎想著，如果真的要自己參演的話，不至於到現在都沒人過來跟焦爸商談。這麼看來，後面幾部也未必需要他去參演了。

看官網的論壇裡面，發帖的人還挺多。

這部京城篇引起共鳴的大多數都是在老京城生活過的人，或者現在就住在京城的人。有京城篇在前，正在拍攝的明珠篇也讓一些明珠市人期待。

十里洋場，百年明珠。

有人將明珠的貓比喻成里弄裡走出的小家碧玉，帶著點美麗和妖嬈，在悠然自得、輕鬆自在間便讓人不知不覺動了心。那些讓人欲罷不能的浮光掠影中，這裡的貓就像那個時代的紅顏一樣，在歲月紅塵的深處，於老明珠的舊夢中，時隱時現，卻不曾離開。

看宣傳片裡的意思，這是要將數十年的歲月重現，那個時代的紅顏們帶著她們的貓，重演那些輝煌而又寂寞的舊夢。

可能，特色活在時代裡，也可能只是片子的表現手法和側重點，每個城市的貓都會融入那個城市裡不同時代的特色。

誇大的藝術，但看起來挺舒服。

就是不知道什麼時候能拍到楚華市來。論歷史意義，楚華市也是個老城市了。不過，嚴格來講，鄭歎也不算是土生土長的楚華市人，真要拍到這裡，鄭歎參不參演？

唉，到時候在說，現在說這些還為時過早。

◆◇◆◇◆◇◆◇◆

接下來幾天，鄭歎獨自在家的時候就專門去逛那些影視評論和各大論壇的相關區域。

大部分對這部紀錄片的評價都很不錯，一些寵物論壇裡的寵物貓區，這部紀錄片被人推了又推，每次看到有人推這片子鄭歎就忍不住樂。雖然這裡面沒誰能認出他來，但也擋不住鄭歎看到那些好評的好心情。

論壇裡還有篇帖子叫「解析片中的貓的十個眼神」，十個中鄭歎占了三個，大米一個、小米一個，另外五個是其他貓。不過，排第一的並不是鄭歎，而是大米。

大米蹲在圍牆上朝下方「嬌笑」的那一幕被很多人轉發，還附上了不同的搞笑字幕，而在一些聊天軟體裡面，網友們將那一幕截下來製成動態圖到處發，於是大米在網路上紅了。

遠在京城的方邵康坐在辦公室裡翻著關於大米的帖子，一個人笑了半天。

就在鄭歎以為楊逸現在將所有的精力用在拍攝那系列的紀錄片時，焦爸接到了楊逸的電話。楊逸說有部片子想讓鄭歎去演，焦爸沒有直接拒絕，他要回家問鄭歎的意思。

鄭歎這段時間總在想，如果有機會的話，去不去參演電影？不求主角，一個差不多的配角就行了，出場五分鐘都足矣，客串也行，到時候焦家人肯定會一起去電影院觀看，說不定還會買光碟收藏。

而現在聽焦爸的話，再從楊逸的話中推測，還是個比較重要的角色？演！

為什麼不演？

能拿片酬，能上大銀幕，他也不枉當貓一場。至於焦爸說的低調，只要隱瞞下身分就行，大不了跟楊逸簽個協議。

不過，又是一部關於貓的片子。楊逸這是跟貓槓上了？

一週後的週末，楊逸帶著他的同學直接找上門來了。

因為提前打過電話，焦爸便在家裡等著。

楊逸帶過來的這個人跟他是高中同學，現在是個導演，叫孔翰，人看起來還不錯。楊逸跟焦爸說的片子就是孔翰即將導演的一部新戲，只是這部片子有些特殊，所以楊逸在看到劇本的時候，第一個想到的就是合作過紀錄片的鄭歎。

孔翰原本並沒有確定要拍這部片，如果拍攝的話，因為涉及到動物，估計得花大功夫，還麻煩，說不定最後的效果達不到理想程度。但楊逸看後卻告訴他有個傢伙可能可以幫忙，於是他們兩個現在便坐在這裡了。

孔翰打量著趴在沙發上的那隻黑貓，對方好像也在打量自己似的，那眼神就像人一樣，簡直……簡直太他媽符合自己心中的形象了！

鄭歎感覺眼前這個年輕導演的眼神有些怪，不過，聽著楊逸正跟焦爸聊的話，敢情這位跟小郭打電話的時候話裡指的並不是紀錄片，而是他們公司投資拍攝孔翰導演的另一部片子。現在楊逸已經沒跟著紀錄片的拍攝組了。

「對了，你電話裡說的那個劇本，是講什麼來著？」焦爸之前接電話的時候周圍有些吵，再加上楊逸也說得含糊，沒聽清楚具體是什麼。

楊逸沒出聲，看了看孔翰，讓孔翰這個更瞭解劇本的人說。

孔翰笑了笑，道：「不複雜，其實講的就是一個大男人突然變成一隻貓的故事。」

鄭歎：「……」

——臥槽槽槽槽槽！

乍一聽到孔翰說的話，鄭歎渾身一僵。

——尼瑪，冷汗都冒出來了！

突然覺得很心虛。鄭歎扭頭看向其他方向，不再去打量孔翰，但耳朵卻支著，生怕漏掉孔翰後面的話。

「真要細算起來的話，焦教授你家這貓算是這部片子的半個主角。」孔翰笑道。

一般對演員來說，「主角」這是個很有吸引力的詞。至於為什麼說「半個主角」，這就和劇情相關了。

「能說得具體一些嗎？」焦爸道。能讓自家貓去演，主角或配角其實他並不介意，但半個主角……這戲分聽起來還挺重的。

「剛才也說了，劇情是一個大男人一覺醒來後，發現自己變成了一隻貓……」孔翰不急不緩的解釋。

聽到這裡的鄭歎：「……」一覺醒來？自己的老底真的沒有被人發現嗎？！好的是，等孔翰繼續說的時候，鄭歎發現劇本裡的主角是個小白領而不是個大學生，變成貓也不是直接回到過去，而且貓形和人形是交替進行的。也就是說，主角有時候變成貓，有時候依然是人。

劇本和鄭歎的情況不同，這讓鄭歎鬆了口氣。不過，從某種程度上說，鄭歎接下這部戲，也算是本色演出了。除了鄭歎，估計沒有哪隻貓能比鄭歎演得更好。

而焦爸聽翰簡單說了一下之後也點了點頭，他大致能猜到一些了，不過還是靜靜等著孔翰後面的話。

「裡面的男主角變成貓，所以主角上，焦教授你家的貓和當紅小生施小天分了主角的戲分。不過，嚴格說來，你家這貓的戲分比施小天還要多出一些。」

施小天，鄭歎聽說過，小柚子他們學校很多小女生都是那人的腦殘粉，那人也是公子瀟出事之後冒出頭的人之一。真實人品怎樣，鄭歎暫且不知。

「女主角呢？哦，抱歉，我只是問一問，如果不方便的話可以不說。」焦爸說道。

「這個沒事，女主角已經定了，魏雯你聽說過沒？拍過一部宮廷劇和一部偶像劇。」

孔翰並沒有過多的隱瞞，現在已經敲定的演員並不多，而這其中還有變數。不過楊逸說了，對方的問題能回答就盡量回答，畢竟難得找到這麼一隻貓，況且焦教授也不像是個碎嘴的人。

魏雯？那妞挺不錯的啊，臉蛋好、身材好，不少人崇拜的明星。可鄭歎記得再過兩年魏雯才能真正紅起來，至於現在，她並不屬於人氣爆棚的明星之列。難道即將拍的這部電影不叫好也不叫座？

鄭歎搖搖頭，一切都未知。那時候可沒聽說有這部電影。

焦爸不是追星族，對魏雯和施小天這兩個人也沒什麼印象，心裡記下名字打算之後去好好查一查，畢竟自家貓是要和那些人一起拍戲的，合作對象的人品如何，關係到了自家貓的待遇。他雖然沒拍過戲，但也聽說過片場很多小動作，一不注意可能還會被人陰一把，自家貓又不是人，受了委屈也不可能說出來。

孔翰和楊逸在這裡跟焦爸聊了一下，等焦爸點頭，兩人才鬆了一口氣，然後拿出早就擬定好的合約，讓焦爸看一看。

這幾年下來因為鄭歎的原因而簽過不少合約，焦爸也有了經驗，他仔細看著合約上的條款。合約上也沒有什麼陷阱，就像在電話裡楊逸說的那樣，不會讓自家貓吃虧。

「合約大致沒什麼問題，不過……」焦爸看完之後沒有直接簽字，而是看向楊逸道：「我希望能在裡面加上一條，或者再簽個補充協議。」

楊逸點頭，示意焦爸繼續。只要能簽，補充協議不太過分就行了。

焦爸提出的補充協議其實就是一個關於鄭歎的保密條款。

和以前一樣，焦爸雖然同意了鄭歎去演，可是他也知道商業上的一些手段，到時候自家貓要是真的紅起來了、有利益了，麻煩可能會更大。但也不可能不讓鄭歎真的隱姓埋名，用不上真名字，那就用假名，委婉點說，那叫藝名。

鄭歎有個藝名叫 blackC，簡稱ＢＣ，這個在網路上某個圈子裡已經小有名氣，但是若使用的話，估計到時候不用楊逸他們炒作，網路上就能直接扒出來，照樣會引來更多的視線。聽說明星上街都是戴眼鏡、戴口罩的，難道到時候自家的貓出去閒晃還要擔心被人圍堵嗎？即便到時候片子紅不起來，焦爸還是不願意冒險，所以有些事得提前準備，防範未然。

「又改名？」聽了焦爸的解釋後，楊逸挺不明白為什麼別人都想著要出名，這家人卻是這樣的態度。

低調？何必呢！楊逸能肯定的說，只要宣傳好，再適當運作一下，這隻貓絕對能大紅，身價不說相比那些明星中的影帝影后，但有點名氣的小明星未必不能與之相比，畢竟現在國內也沒這種很有名的動物明星，就算是那隻最近在電視劇方面活躍著的叫齊大大的猴子也不能相比。不過，從另一方面看，這家人對貓是真的好，這也是為了貓考慮。

當然，不管楊逸有什麼想法，附加協議還是得簽，這個協議不過分，就算是一些藝人也有改幾次名的事例。只要那隻貓能聽懂就行，別到時候到了片場，叫出來牠不應就麻煩了。

想清楚後，楊逸點點頭，「行，那焦教授你說你家黑碳準備再改一個什麼藝名？」

「ZT。字母Z，和字母T。」焦爸說著，手指在空中虛畫了一下兩個字母的形狀。

「ZT？」楊逸和孔翰都納悶，怎麼叫這種聽起來像是簡化的名字？

「對。」焦爸說道。他自己其實也無奈，這可不是他取的，他一向很民主。

「ZT」這個名字，是當時焦爸說了再改藝名的需要之後，鄭歎直接在焦爸電腦前的鍵盤上踩出來的，焦爸還問過鄭歎這是什麼意思，只是鄭歎裝傻，焦爸也不深究，權當是隨機按出來的字母。

等一切都談好之後，孔翰和楊逸便離開了，拒絕了焦媽留他們吃晚飯的邀請，他們晚上還有事，那邊有幾個人要過去會一會。

鄭歎要演電影的事情，焦家四人都知道，但焦爸說了，自己知道就行，別出去亂說。焦遠和小柚子應付類似的情況很多次了，自然明白這其中的意思。不過，知道自家貓要演電影，兩個孩子還是抑制不住激動，總湊一起討論，焦媽有時候也加入討論之中。能看得出來，他們對鄭歎很是期待，這讓鄭歎信心更足了——他的決定是對的！

楊逸他們說的是九月份開拍，現在還早，不過趁暑假的時間，焦家四人一貓多聚聚，等九月份了，估計又得跟鄭歎分開一段時間，肯定會比去年拍紀錄片的時間還要長。

既然鄭歎這邊決定要拍電影，小郭那邊得打好招呼。

◆◇◆◇◆◇◆◇◆

趁著鄭歎還沒離開楚華市，小郭留鄭歎加了幾次班，當然，加班費是少不了的。於是，八月份，鄭歎來寵物中心加班的頻率高了。

同時，楊逸的紀錄片給了小郭一個靈感，再加上到時候鄭歎要缺席一段時間，所以小郭就想著拍一部其他的紀錄片。楊逸已經拍了地域性的紀錄片，小郭就打算來個年齡上的。

小郭要拍的是關於老貓的紀錄片，而老貓的標準，雖然七、八歲在很多人眼裡已經是老貓了，但從寵物中心的治療記錄和一些寵物檔案上來看，超過七歲的貓還是不少的。於是，小郭將這部紀錄片的年齡限制，改為了「十歲及以上」。

現在不是宣導和諧、宣導正面能量嗎？

這個也不錯，以紀實手法記錄一些人與貓的感人故事，能和人類相處生活十年以上，這其中的感情肯定是相當深的。

小郭想著，自己沒楊逸那麼闊氣，也沒那個級別的硬體和人力，拍不出太文藝的東西，但自己可以走自然小清新，貼近生活。

拍這部關於老貓的紀錄片也能拍很久，就算鄭歎缺席的日子，也能有東西播放出來吸引客戶和觀眾，省得像去年鄭歎外出拍紀錄片的時候造成官網謠言遍布的影響那樣，小郭也不想再被人上門圍堵了。

現在小郭就著手準備《老貓》的拍攝，首先要聯繫那些家裡有合適年齡貓的顧客，要是人家拒絕合作拍攝，小郭也不會去勉強。當然，大多數客戶家裡對此還是很高興的。

不過，這其中也涉及到一個問題，聯繫上的這些客戶裡面，多半都是家庭條件比較好的，這些人經常來寵物中心為貓檢查身體，小郭自然知道，寵物中心有詳細記錄，但其他普通家庭的就少了，這些家庭基本上不會帶寵物去打針，估計連疫苗都沒打過，所以也不會有治療記錄，小郭也更不可能知道了。他不想全部都選擇那些家庭條件好的，片子要貼近生活，就得更親民。

於是，某天加班之後，小郭在休息室裡給鄭歎加班費的時候隨口提了一句。說鄭歎經常到處逛，總會認識一些老貓吧？

鄭歎還真的想到了，那個叫王星的小孩現在經常來楚華大學撿瓶子，夏天瓶子多，小孩的收穫好像還不錯。他家的貓就符合要求。

鄭歎將小郭帶到了那個老社區，王星家樓下。小郭順著鄭歎的視線抬頭，看到了二樓窗臺上趴著的那隻貓。

王星家的人好說服，對他們來說，拍攝有酬勞拿還能為貓免費治療，何樂而不為啊！

這邊的事情處理完畢之後，鄭歎便帶著人馬前往劇組了。

人還是去年跟著拍攝紀錄片的那幾個，查理自然是繼續擔任「助理」一職。

知道鄭歎要再改個「ＺＴ」的藝名，小郭還特意去做了一套服裝，發給鄭歎的跟班人員的帽子、Ｔ恤上都有個大大的字母「Ｚ」。

鄭歎突然感覺這個字母其實有點歧義，再看看跟班的幾人頭上和身上大大的「Ｚ」……真是的，不知道的還以為是蒙面俠蘇洛的粉絲呢！

第四章

被人惡意攻擊的黑碳

「好了，這就是諸位接下來三個月的住所。」一位接待人員打開門，將鄭歎一行領進屋，介紹道。

這人是楊逸派過來的，住處楊逸已經安排好了，三室一廳，足夠安排鄭歎和帶過來的人了。

「各位看看還需要些什麼？」那人問道。

查理看了一圈，特別是為鄭歎安排的房間著重看了一下。作為助理，伺候了這幾年，查理對鄭歎的喜好已經很瞭解了，一眼掃過去就能看出合適與否。顯然楊逸對鄭歎還是很看重的，房間的布置讓查理很滿意。

在安排屋子的時候，楊逸就詢問過查理和焦爸他們，自然沒有鄭歎討厭的一些東西，比如討厭的食物、某些氣味等。窗臺也都新安裝了防護網，防止意外。

「暫時沒有。」查理滿意的說道。

「那行，要是有什麼需要的話直接打我電話就好。」

那人跟查理交換了聯繫方式，並說了一下日常的安排之後便離開了，他還要去向楊逸彙報工作，安排後續的事情。即便對那隻黑貓很好奇，但他還是忍耐住了，作為楊逸的心腹之一，他知道什麼該問、什麼不該問。好奇心重可以，但也得有分寸。

這次跟著鄭歎一起過來的除了查理，還有另外四個人，並不全是來「伺候」鄭歎的，「伺候」鄭歎的有查理就夠了。他們過來是楊逸和孔翰的請求，這其中有人在小郭的工作室擔任燈光師、有人擔任音效師，不管是哪種，他們對貓的拍攝是有經驗的，所以知道拍攝的時候哪些光線會影響貓的心情、哪些聲音會對貓造成干擾等，對貓叫聲也有研究。

在鄭歎看來，這很多都是多餘的，不過人是楊逸和孔翰要的，小郭親自發話派過來的，鄭歎也不去多管，反正他也不是發薪資的人，擔心那麼多幹嘛。

即便現在的職業是寵物拍攝，但在小郭的工作室裡，大部分的人都是科班出身，對這一行很瞭解。現在電影還沒開拍，幾人都坐在沙發上看電視，一邊討論；鄭歎獨占一個沙發椅，聽著他們聊天。

這座城市臨海，還算繁華，聽說是孔翰的家鄉，拍攝地點選擇這裡就是作為編劇兼導演的孔翰決定的。

前陣子還有人在批「編劇兼導演」現象，說這會導致電影「沒有深度，創造力低下」。其實說起來，這部劇本確實算不上創新，一些漫畫和小說都有類似的梗，但是孔翰似乎有自己的執念，就跟當初楊逸拍那部紀錄片一樣，只一個契機，就能讓他們再度拾起這個壓在心底的執念。

聽說，當年孔翰也是個養貓人，從孩提時代就開始養了。

又是一個有故事的人。

楊逸安排的這棟大樓，高樓層的能看到海，從十八樓到二十樓都被楊逸安排了人。鄭歎他們所在的就是第二十層，從客廳的窗戶能看到遠處的海。

鄭歎看向旁邊的窗戶，窗外的天空比楚華市要藍一些，顯然這裡的環境和空氣品質比楚華市好得多。

查理跟那幾個人正在議論著所知道的消息，這部電影的演員已經大致決定好了，剛才他們在電梯裡的時候還看到有疑似經紀人的傢伙，直覺辨認出來的。

「哎，你們說，魏雯到了沒有？」一個跟查理年紀差不多的人期待的問道。

幾個男人們聚到一起首先討論的自然是女人，魏雯作為主演，自然是他們討論的重點之一。除了魏雯之外，他們還討論幾個女配角。

「沒見到魏雯，不過我去停車的時候看到一個動一動就能引起軒然大～波的妞。」說話的那人還伸手在胸前比了下，一臉的猥瑣。

「也是劇組的人嗎？」另外幾人亮著眼睛問。

那人搖搖頭，「看起來不像。」

其他幾人頓時萎靡了些，但很快又振奮起來討論其他的演員。

正說著，門鈴響了。

離門最近的查理走過去透過貓眼看了看門口，朝沙發上的幾人打了個手勢。幾人對視一眼，迅速行動起來，沒一點兒剛才討論某些少兒不宜話題時的猥瑣。沒辦法，他們不得不謹慎些，要是出了問題，他們就得直接捲鋪蓋滾蛋。

來之前小郭可跟他們說了，劇組可不是他們的工作組，也不是當初拍紀錄片的那個團體，這裡面可能存在的小動作多著呢，一隻貓不能去防備些什麼，自然得由他們應付。不是他們惡意揣測人心，人心難測，謹慎點總是好的，替別人搭梯子而損自身利益什麼的，沒誰想幹。

門開了，進來的是一個大約二十多歲的女人，女人總是會讓男人少一些防備。這女人穿著一身休閒服，黑髮及肩，雖長得不算出彩，但笑起來的時候眼睛彎彎的，看起來就很討喜。

「不好意思打擾了，我是住樓下的，姓楊，楊懷熙，逸興文化的，請問你們也是黑貓劇組的人嗎？」

姓楊的女人介紹了一下自己，她是樓下幾位小演員的經紀人，過來串個門子而已。她也沒多聊，跟查理幾人小聊了幾句之後便放下禮品離開了。

關上門，查理幾人又開始討論起來。

「串門子還帶禮物？還是高檔茶葉呢！」

「打探虛實的吧？」

「跟逸興的大老闆同一個姓……」

「估計沒什麼關係吧，有關係還用得著親自上門打探？」

「那倒是。」

「不過總得多防著點好，我覺得樓下有人想藉著我們家黑……ZT出頭呢。」

對查理他們的討論，鄭歎只是稍微聽了聽。沙發椅對著窗戶，楊懷熙進來的時候由於角度問題，並沒有看到鄭歎。鄭歎對那些人也不在意，他現在想的是，離開楚華市時焦爸囑咐的話。

拍紀錄片的時候，焦爸就說過不能太「聰明」，要會「出錯」，而拍電影對「出錯」的技術要求更高，所以鄭歎正琢磨著怎麼「出錯」出得自然些。

和悠閒的琢磨著怎麼出錯的鄭歎相比，參演的主角和配角們則緊張很多，尤其是這次被挑選出來的新人，生怕到時候會出岔子，一個錯誤可能就會降低導演和大老闆對他們的好印象。

當然，與劇組人交好，尤其是與一些比較重要的人物交好，這對那些小演員也是有很大的好處，不然楊懷熙也不會上來打探情況。

◆◇◆◇◆◇◆◇◆

在暫居住處這邊相互試探的時候，另一邊，楊逸聽完手下人的彙報，正和孔翰聊著。

孔翰雖然拍的片子不多，但是反響還算不錯，只是人年輕，在國內也還沒有打拚出滿意的名氣。孔翰這人喜歡用新人，這次片子的主角不算是真正的大牌，所謂的當紅小生在圈子內很多人聽起來也只是笑笑罷了，曇花一現多的是，更何況還是走偶像路線出名的，而好幾個重要配角更是人們沒聽過名字的人物，還有幾個新簽的人。當然，大多數還是逸興文化自家的。

楊逸有錢，自己砸錢投資捧自家的人，別人也不會說什麼。至於到時候真正要捧誰，就看他們的表現了。這部戲，沒有巨星，楊逸這個逸興文化的大老闆親臨現場觀看拍攝，這其中意味著什麼，逸興的演員們心裡都清楚，所以才會緊張。

孔翰和楊逸都是高標準的人。孔翰覺得電影中的電腦特效在一定程度上彌補了演員在某些高難動作或危險動作上的無能為力的缺陷，但是卻永遠不會表演演員們所特有的、並且各具魅力的表情。許多著名演員往往都是憑藉著一個微笑、一個眼神來達到出神入化的境界，讓人們銘記於心。因此，孔翰一直覺得拍這部片用上真貓，少一些電腦特效會更有效果。

而楊逸，他的重點不在這部片子。不同於那部真正花費心力、寄託感情的紀錄片，即將拍攝的這部電影只是一個管道，是他提供給手下演員們的一個表現機會。

逸興文化比不上那幾個有些歷史的娛樂圈巨頭，所以，楊逸想造星，造自己的屬於逸興文化的超級明星。

職業演員金字塔的頂尖，是數量非常稀少的超級明星級別的演員。

國內各路明星甚多，但是真正的電影明星數量很少，能夠帶來投資信任和票房回報的超級明星則少之又少。在國內電影市場中，能夠吸引觀眾走進電影院的真正的超級明星數量極其稀少，男女皆不過十人左右，並且這還是整合了兩岸三地資源後形成的華語電影市場的總體陣容。其他的演員，雖然名聲看似火爆，但事實上都不能夠成為票房的保證，這其中包含了許多觀眾們熟悉的名字。

在當下，超級明星的價值更多體現在投資問題上。當一部電影能夠擁有一個真正豪華的演員陣容，投資問題立刻迎刃而解。當一部電影擁有了一批大明星，未來的票房便可以預期，投資家將會坦然投入巨額資金，不僅僅用以給付演員薪酬，同時使用在場面、特技、器材等方方面面。因此，當一部商業電影試圖在創作上獲得一些創新的可能時，必須要有這些大明星保駕護航——對於導演來說，這經常是一個非常無奈的現實，孔翰算是導演圈子裡的例外，但以後也說不準，這是這個商業時代的規則。

超級明星，才能讓逸興文化在這個圈子裡真正的為人所知。

曾經，在拍攝《城市．人．貓》的時候，楊逸想過將鄭歎也打造成一個超級明星。有時候，只要運作得當，動物比人更容易吸引票房，現在沒有，不證明以後不可以有。只可惜，他這個願望沒能達成，從拍紀錄片時焦家的反應就能看出端倪，這次拍電影簽合約的時候更是直接打消了楊逸的想法。

「所以，你想看那些苗子們飆戲？」孔翰看向桌子對面的人。

楊逸嘿嘿一笑，玩笑似的道：「其實我更期待看著苗子們和一隻貓飆戲。別以為那隻貓只會按照要求做做動作。」

而且，楊逸估計著，那隻貓大概真的會藏拙。

藏拙是一門技術活，在掩飾自己缺點的同時，還要做到藏巧於拙、不露鋒芒，這才是鄭歎一直琢磨的。

鄭歎加入小郭的工作室時，就沒少聽那些工作組的人談過，那時候工作室的人很多話都當著鄭歎的面說，即使是批鬥的話也照說不誤，還指指點點，因為他們覺得鄭歎聽不懂，也不在意。當然，現在是不敢了。

那時候鄭歎就知道，田園貓與那些外形更惹人喜愛的名貴貓種的差別。有時候，那些外形更惹眼的貓種在鏡頭前甚至不需要做什麼都能吸引人的注意，而普通點的貓則需要做更多。

臺前幕後，總需要用更多的東西去彌補先天不足。鏡頭下將自己的劣勢藏起來，呈獻給觀眾的是更優秀的一面，這是鄭歎從寵物的拍攝中學到的。

當然，掩飾自己的劣處，揚長避短對明星們來說似乎是一個必備的技能，怎麼笑、笑到什麼程度、哪個側面更好看等都是心裡有數的。

為什麼很多伸展臺模特兒，尤其是那些走秀時有自己專屬燈光設計的模特兒們會去跟燈光師打好關係？

每個模特兒都有自己的長處和短處，一張臉也是各有特色，不同的燈光效果呈現出來的可能是優點，也可能是缺陷。走秀的時候周圍都是照相機，要想拍出來的是更完美的一面，除了化妝之外，燈光效果也是一個很重要的因素。

一個合適的角度和眼神，再加上合適的光線，能直接提高拍攝之後的效果。在鏡頭下找角度是一門技術活，鄭歎拍這幾年廣告下來，技術已經運用得很嫺熟了。

有演技的人很多，有演技的動物也不是沒有，只要訓練就能將人糊弄過去，比如現在有些名氣的猴子齊大大。演技？牠確實有，比其他猴子還要生動，或許其他猴子受訓後只是去模仿人的動作和表情，而齊大大則會帶著些自己的感情色彩融入進去。

但是在楊逸看來，鄭歎不同。

上次拍紀錄片的時候楊逸就發覺了，大概是現在挑明星挑成習慣，即便鏡頭下的只是一隻貓，楊逸也沒有錯過那些小細節，比如鄭歎在鏡頭下的那些小技巧。有時候他很難將這隻貓跟土貓掛上鉤，看上去覺得是土貓，但卻又感覺跟平時見到的土貓不同。

這也是楊逸看重鄭歎的原因，或許鄭歎自己都不知道自己的這些小動作已經被人發現了。之前他將鄭歎列入超級明星的發展計畫也不是沒依據的。

——可惜了啊……

楊逸躺在躺椅上，看著窗外，想著將那隻貓坑過來的可能性。

◆◇◆◇◆◇◆◇◆

另一邊，鄭歎蹲坐著，面無表情看著擋在門口的三個人，也不叫、不動，就這麼看著。

——出現了，又是這種眼神！

擋在大門前的查理一臉的糾結，不糾結不行啊，退一步的話他們心裡不安，不退的話，在這樣的眼神注視下總感覺壓力山大，每次看到這眼神總覺得背後寒颼颼的。

不說查理，就連另外兩個人都有這種感覺，但偏偏因為答應了郭大老闆要看好這隻貓。想一想郭大老闆發飆的情形，三人剛打算挪動的腿又放了回去。

鄭歎繼續面無表情盯著三人。他已經在這裡待了兩天，今天天氣不錯，而拍攝明天才開始，而且一開始也沒有他的戲分，楊逸說了讓他在這裡多適應幾天，「貓對新環境需要花時間適應」什麼的也不知道是誰對孔翰和楊逸說的，所以鄭歎現在很閒。而劇本壓根不用看，查理已經說過戲了，到時候也會有人一步步指導怎麼拍，沒有那些演員們那麼大的壓力。

一閒下來，鄭歎就想出去閒晃。他第一次來這個城市，不好好遛一遛都覺得對不起自己，可偏偏他打算開門的時候，沙發那裡正在討論電視劇的三個人咻的就奔過來擋在門口了，意思是不准他出門。

本來的五人，有兩人被孔翰一通電話找過去，所以現在留在這裡的只有三個人。三個人也不好辦，鄭歎糊弄不過去，總覺得被人監視著，比上次拍紀錄片還約束。

他心情相當不爽。

查理自然看得出來，所以他才糾結。他深知這隻貓心情一不好就容易找事，不管是什麼事，那絕對不會是他們願意看到的。

最後沒辦法，查理打了個電話過去「請示」小郭，總不能一直這麼僵持下去吧？商談不好，一不留神這隻貓就能自己開門溜掉，還得時刻擔心著鑰匙有沒有被牠撈過去。這裡幾人中，只有查理知道鄭歎會用鑰匙開門，所以，硬擋是擋不住的，必須得協商好。

請示小郭後，小郭則直接一通電話打給了焦爸，然後查理收到了新的指示，從焦家人為鄭歎準備的用品包裡翻出一個盒子，盒子裡有一塊貓牌，貓牌的反面有聯繫電話，正面則是一個大大的「Z」。

鄭歎：「……」焦爸什麼時候放上去的？還有，這個東西是什麼做的？連Z字都刻上去了！

鄭歎知道這玩意兒應該能定位，跟以前出遠門的時候焦爸給他的貓牌差不多，不過鄭歎沒想到焦爸因為他換新藝名後又做了一個。

套上貓牌，查理帶著鄭歎出門，另外兩人也沒事，便跟著一起出去，他們也是第一次來這個臨海城市，不如趁機多看看。

這次出門，三人沒穿那件統一的Z字工作服，隨意了些。這讓鄭歎鬆了口氣，那一溜的Z字總覺得特別白痴，說不定會被別人腦補成啥樣呢！

乘電梯下去，到十八樓的時候停了一下，進來一男一女，這兩人看著電梯裡的三人一貓皺了皺眉，那男人看到鄭歎之後眼神帶著嫌棄，準備說什麼，被旁邊的女人拉了拉，便轉而又跟對方笑談起來，說的是一些趣事。

查理和另外兩人不動聲色的挪了挪腳，將鄭歎擋在後面。

這個時段也沒多少人乘電梯，電梯裡不算擁擠，下樓也快。

到一樓之後，鄭歎從電梯裡走出來。

旁邊那個陌生的男人有意無意放慢了步子，在鄭歎出電梯門的那一剎那，抬腳朝鄭歎的後爪踩了過去！

鄭歎直覺到不妥，加快了步子，那人的皮鞋擦著鄭歎的尾巴踩到地上。

快走幾步之後，鄭歎回頭看向那個人，對方已經戴上墨鏡，但從面部的表情能看出這人似乎在為沒踩到而遺憾。

鄭歎看了那人一眼之後，便緊跟著查理他們往停車的地方過去了。

因為不同於其他明星那樣有工作車，現在能開的車是楊逸借來的，看上去不是什麼豪車，但懂行的人能看出這車改裝過，安全性能提高幾個等級。

楊逸知道他們要外出後叮囑查理別跑太遠，有事就直接打他電話。

查理選擇的是最近的一個廣場，那裡集休閒和娛樂為一體，離他們現在住的地方不算很遠，二十多分鐘的車程而已。

因為氣溫不高，車窗打開著。

查理開車，鄭歎在副駕駛座，另外兩人在後車座。

鄭歎看著車窗外的建築和風景，吹過的風包含著一些汽車廢氣，但風中也含著一些海腥味。

「汪汪！」

狗叫聲從後方響起。鄭歎看過去，斜後方那輛車裡有隻狗從後車窗半探頭看著外面，看到鄭歎之後才叫出聲。

鄭歎一開始沒理牠。不過，那輛車的車主大概起了玩心，加速開了上來，控制著車速，恰好能讓那輛車的後車窗與鄭歎這邊的副駕駛座車窗齊平。

「汪汪汪！」

那狗面對著鄭歎叫，不知道嗅到什麼，還打了個噴嚏。

——艸！

——鼻涕都噴出來了！

鄭歎抬手撥了撥臉上的毛，看對面那隻狗的眼神很不好。

「我去！法老王！真是法老王犬種！這在國內算是冷門犬種了……哎，查理你看著路，專心開車啊！」

「這狗看上去不錯，絕對不會低於五萬。」查理快速瞟了一眼，然後盯著前面認真開車。

「看這賣相，我估計得十萬甚至更高。」另一人說道。

他們對寵物貓狗之類的瞭解較多，血統之類的看一眼心裡就有數了，能估出大致的價格。

鄭歎不管這傢伙是法老王還是老鼠王，他現在很想揍對方幾拳。

——喊，還戴著金項鍊呢，你他媽有種再戴個金耳環啊！

或許是對方車主有意，而查理這邊也想多看看這隻狗，兩輛車都開得比較平緩，而那隻狗一直沒放棄對著鄭歎叫，搭在車窗上的爪子還動兩下，似乎要探過來似的。

鄭歎盯著對面那隻金項鍊狗，眼神越來越危險。

——噴老子一臉鼻涕不算，還想動爪？！

於是，在兩輛車靠得最近的時候，鄭歎探出半個身體，伸手朝著對方的狗臉就是一巴掌。

對面的狗大概沒想到鄭歎會突然來這麼一下，而且抽得還挺疼，懵了，但很快也惱了，想要從車窗衝出來，卻被那輛車裡的人拉了回去。開玩笑，正開車呢，還衝出去？找死啊？！

這邊後座上的兩人看到鄭歎的動作嚇得心都懸到嗓子眼，趕緊讓鄭歎回來坐下，別探出頭，容易出事。

查理也放慢了速度，離那輛車遠一點兒。

「馬的嚇死了剛才！」一人拍了拍胸口，剛才他還以為鄭歎會直接跳出去呢，這車道上後面都是車，跳出去絕對是找死。

「前面那輛車裡好像也是有錢人啊，你說他們會不會記仇？」後座上另一人有些擔心，他剛才看到那車裡有個人用手機對著他們這輛車拍了照。

「應該……不會吧？不就是被抽了一貓爪嗎？」

看著兩輛車相距越來越遠，前面的車並沒有減速的意思，查理等人覺得對方應該沒那麼小氣，不然的話，就算沒有立刻找麻煩，總會放點狠話吧？

「行了，別想太多，很快就到廣場了。」查理說道。

後座上的兩人「嗯」了一聲，可他們總覺得，對方在離開之前拿手機拍照的意思有點像小學時鬧矛盾之後所說的「有種放學別走」那話。

搖搖頭，應該是他們想多了吧。

鄭歎倒是沒多想，雖然剛才被噴了鼻涕，但抽了對方一巴掌也扳回一局，扯平了。他出來是透氣的，不是來受氣的。調整心態，放開玩玩才是正道。

◆◇◆◇◆◇◆◇◆

在目的地廣場附近繞了一圈，對這裡有個大致的印象，查理才找了個地方將車停下，然後三人一貓一起朝廣場走。

這個商業廣場集休閒與娛樂為一體，有玩樂的，也有購物中心，來往的年輕人很多。購物有些難度，畢竟他們還帶著一隻貓，只能先找個地方坐坐，然後輪流去買東西。難得來一趟，要買點特色商品帶回去。

因為有鄭歎在，很多餐廳裡不方便帶貓進去，一些食品店也有限制寵物進出的牌子，所以查理在看了一圈之後，選了一間靠邊上的飲品店。飲品店外面擺放著一些桌椅和遮陽傘，廣場上也設立了一些休息桌椅，而現在大概因為是上班和上學時間，並沒有太多人，還有一張空桌，查理趕緊走了過去。

屬於飲品店的帶遮陽傘的空桌已經沒了，查理他們找的是廣場公用的不能挪動的桌椅，也沒有遮陽傘。好在現在天氣也不算熱，三個糙漢子曬曬太陽也無妨。

查理和鄭歎先待在這裡，另外兩人去買點吃的，順便看看有什麼特色紀念品。有義工拿著報紙過來，查理買了一份，支持一下義賣助學活動，順便也看看這個城市的新聞。

鄭歎蹲在椅子上，看了周圍一圈，然後視線落在不遠處的一張桌子上。

遮陽傘下，有兩個女人坐在那裡，一個戴著墨鏡，另一個看起來二十出頭、紮著馬尾的女人正低聲跟前者說著什麼，對方也回了幾句。

紮馬尾的鄭歎不認識，不過，戴墨鏡的鄭歎有印象。他並不是看那張臉，而是憑聲音認出來的。如果鄭歎沒記錯的話，那女的叫楊懷熙，現住他們樓下，之前還上樓拜訪過，留了一盒高檔茶葉。

大概是因為對方戴墨鏡的關係，剛才查理他們往周圍看了一圈並沒有認出對方。鄭歎那天待在沙發椅裡，由於角度原因他並沒有看到楊懷熙的臉，但聲音他記得，對方現在說話的聲音並不大，在這裡憑人耳很難辨認出來，但對鄭歎來說不算多大難度。

記得對方說過是個經紀人，手下帶著幾個小明星，這麼說來，另一個長得挺清秀、給人一種清爽感的女人，也是明星了？但是她沒戴墨鏡也沒戴帽子。明星出門不都應該戴墨鏡、帽子之類的偽裝嗎？至少鄭歎感覺是這樣。

看了那邊一會兒之後，鄭歎便挪開視線，往其他地方瞅，然後他看到在邊上轉彎的地方有個很奇怪的人。

那人對著旁邊店鋪的玻璃，臉上像抽筋似的變。

鄭歎好奇之下打算過去看看，剛從椅子上跳下來，查理就注意到了。即便看報紙，他也時不時分出注意力來盯著鄭歎。

「黑……Z啊，別走遠。」查理有些緊張的說道，生怕鄭歎跑了。雖然以前在楚華市拍室外寵物廣告和影片的時候，這貓也中途跑去閒晃過，但這裡畢竟是陌生的城市，遇到麻煩也難辦。

鄭歎看了查理一眼，表示自己知道了，繼續往那邊走過去。

轉彎處的那間店鋪是與購物中心連著的，用的都是單向透視玻璃，所以在外面，站在那裡的人對著玻璃就像對著鏡子一樣。

站在玻璃眼前的人看上去也是二十出頭的樣子，穿著並不顯眼。此刻，這人站在玻璃前，面部表情變換著，時而憤怒、時而擔心、時而尷尬，前一刻像是吞了一口珍饈，回味無窮，過一會兒卻像是聞到狗屎似的，恨不得吐他一地。

不明所以的人大概會懷疑這人是不是神經病，或者面部是不是抽筋了。但鄭歎感覺，這人似乎是在練習演技，因為有時候這人會停下來思索一下，然後慢慢對著玻璃改進自己的面部表情。

鄭歎走過去，蹲在那裡近距離觀看這人對著玻璃「變臉」。

大概是鄭歎的注視太過強烈，那人的視線稍微挪了一下，看向鏡子裡倒映出來的貓影，側身看向斜後方一公尺遠處的鄭歎，然後尷尬的撓了撓頭。

被這樣看著總覺得有些不好意思，即便對方是一隻貓。

「靴子！過來一下。」

那邊楊懷熙朝這邊招手，同時鄭歎也注意到，楊懷熙坐在自己剛才坐的那桌旁，正跟查理說著話。另一個年輕女人也坐過去了。

「查先生，這就是薛丁，我們都叫他小靴子。靴子，這是查理查先生。」楊懷熙向他們相互介紹了一下。

原本這裡就只有四張椅子，現在三個人過來，鄭歎也沒了座位，便直接在旁邊蹲著，他沒必要因為一個座位而跟三個人計較什麼。

查理看了鄭歎一眼，見鄭歎沒有什麼不耐煩的意思，鬆了口氣，然後繼續帶著些拘謹，跟三人說話。

聽他們說，鄭歎才知道，那個戴框架眼鏡的女人叫陶琪，剛才對著玻璃練表情的小年輕叫薛丁，這次都在片中擔任配角。陶琪今年畢業，屬於科班出身，前不久被逸興文化簽下；至於薛丁，這人以前沒正統學習過演戲，但當過幾年臨時演員，後來被楊逸看中，招過來的。兩人都是這一批新簽的人。

「今天沒開拍，我看他們太緊張，就帶出來放鬆一下。因為是新人，沒人氣，坐外面也沒人過來打擾。」

楊懷熙笑著跟查理說話，話裡話外全說的是這兩人，聽得查理莫名其妙。誇新人在他眼前誇有什麼用，他甚至都不是逸興文化的人，壓根沒啥話語權。

楊懷熙是楊逸的遠房親戚。現代社會中的遠房親戚，跟古時候相比關係還要淡漠，楊逸只是因為一個老家長輩的推薦，又看楊懷熙這人有幾年經驗、人也還不錯，便讓她帶帶新人。除此之外，楊逸不會特意為她開方便大門，所有事都得楊懷熙自己來。

而楊懷熙之所以對查理這麼客氣，還透過查理來介紹自己帶的兩個新手，就是因為偶然看到了楊逸給查理他們的那輛車，那是楊逸讓人專門改造過的車。從家裡長輩那邊得到的資訊來看，如果不看重，楊逸可不會親自安排事情，這也是那天她上樓打探的原因。

楊懷熙並不奢望查理有多大能耐，只要在和楊逸交談的時候提一提陶琪和薛丁的好就行了，她現在的事業可都寄託在這兩人身上，這部電影是重中之重，能得到楊大 BOSS 的另眼相看就更好了。

如果查理知道楊懷熙的想法一定會告訴她，真正有話語權的傢伙剛被你們占了座，正蹲旁邊地上無聊的打哈欠！

正說著，陶琪的手機響了。

「抱歉，接個電話。」說著，陶琪起身離開幾步，沒多久，回來之後對楊懷熙道：「楊姐，愛琳說和羅奈爾得待會兒過來。」

楊懷熙眼裡閃過一絲不快，但立刻就恢復過來，向查理簡單介紹了一下這兩人。

愛琳是和陶琪同一批被逸興文化簽下來的，愛琳之前還參與過一部電視劇的拍攝，片酬是一集兩萬，聽說現在又有人找她，片酬提升到一集五萬。在楊懷熙看來，陶琪最大的競爭對手就是愛琳了。至於羅奈爾得，這人是個三國混血兒，而這個所謂三國混血其實是東亞三大國。

鄭歎就不明白了，想混血就混得遠一些嘛，這三國算哪門子的混血？！

愛琳也是這部戲中的配角，戲分跟陶琪差不多。而羅奈爾得，他並不是逸興文化的人，剛演了一部偶像劇，在中學生裡有些人氣，同時也在這部片子中演第二男主角，戲分相對其他幾個配角來說還挺多的。

聽楊懷熙潛在的意思，是說羅奈爾得這人有點家底，演這部戲是靠了關係。

鄭歎看得出來，楊懷熙對那兩人都不怎麼待見，尤其是羅奈爾得。他也不待見羅奈爾得，這是一種直覺。

很快，鄭歎的直覺靈驗了。

往這邊走過來的那個戴著墨鏡走路都擺著一副偶像架式的人，就是羅奈爾得，也是今天差點踩到鄭歎後腳的傢伙。

羅奈爾得走過來的時候，鄭歎發現有好幾個小女生正朝著這邊瞟。之前都沒有的。

同時，鄭歎還感覺羅奈爾得往自己這邊瞟了一眼，立刻警覺起來。

「我去搬兩張凳子過來。」說著，薛丁起身打算去拿凳子，畢竟這邊只有四個座位，對方來了沒地方坐，而且對方的來頭比自己大，薛丁不想讓楊懷熙為難。

「別客氣啊，坐下坐下，我自己去拿就行了。」羅奈爾得拍了拍薛丁的肩膀，然後繞過去。

經過鄭歎蹲的地方的時候，羅奈爾得抬起的腳直接朝鄭歎的貓尾巴踩下去，看起來像是無意的動作。

鄭歎在他踩下來的那一刻快速將尾巴收回來繞著腳盤住，抬頭看向羅奈爾得。

羅奈爾得戴著墨鏡朝鄭歎這邊微微側頭，挑了挑眉，然後便徑直往另一張桌子那邊過去，那裡有空著的凳子。

鄭歎看著羅奈爾得的背影，瞇了瞇眼。

第二次了。

雖說事不過三，而且離開楚華市時焦媽還叮囑他不要惹事。但鄭歎也不是個好脾氣的，不想給第三次機會讓人踩。

——第一次踩腳，第二次踩尾巴，說不定第三次就能直接對著整個身體踩下來！

——到時候好像還有好幾場和這個羅奈爾得的戲？

——正好，這人也不是逸興文化的，到時候陰他幾把，楊逸和孔翰應該不會發飆吧？

雖說鄭歎很想讓這位「三國混血」受點皮肉之苦，但考慮到現在傷了對方會直接拖到整個劇組的進度，每一天都是錢，跟自己找不自在，鄭歎暫時放下了這種想法，他還想早點拍完趕回去過元旦。

更換演員？

既然能在這部基本上由逸興文化演員演出的電影裡讓這位演第二男主角，還是靠了關係的，那就是說，這裡面存在著利益交換，若鬧出事了，以楊逸的智商肯定會有想法。鄭歎還打算讓楊逸發紅包給自己，所以皮肉之苦什麼的只能先壓下來。

既然現下不能直接來狠的，那也能找點不自在給對方。

在鄭歎琢磨著怎麼去對羅奈爾得找不自在的時候，劇組正式開拍了。

第五章

「演技」驚人的黑貓

雖然前面幾天都沒有鄭歎的戲分，但他還是被楊逸叫到了拍攝現場。劇組內各小組都已經準備好，攝影組、錄音組、照明組、美術組等各就各位。不同於鄭歎拍紀錄片的時候那種比較輕鬆的氛圍，片場透著一股緊張氣氛，不知道是不是楊逸這個大 BOSS 在的緣故。

楊逸讓鄭歎過來，就是讓他好好熟悉一下片場，同時也看一看拍攝中的其他演員，跟其他幾個演員多相處相處。當然，這個任務其實是交到查理手裡。而查理這人，一緊張就愛嘮叨，從進片場開始，查理的嘴就沒停止過。

「你的第一場戲是拍起床的，就是男主角睡了一覺變成貓之後早上起來的那一場。別以為很簡單，我們得好好觀摩觀摩男主角平時是怎麼起床的……還有，眼神，要有那種沒睡醒的迷糊感覺，知道朦朧感嗎？要不到時候你先睡一覺……還有別忘了到時候得認真刷牙，聽說要近距離拍打哈欠的一幕，拍到牙齒縫裡有肉絲就不好了；牙齒要白，來先張嘴看看牙……」

吧啦吧啦吧啦一大堆要注意的話，鄭歎覺得耳邊一直沒清靜過。

楊逸現在在忙，顧不上鄭歎這邊，孔翰那邊也忙著，幾個有戲分的主角和配角都各忙各的。

一般來說，在研究好劇本、決定好演員以後，電影的拍攝會進入前期的製作階段，而在這段時間，導演和演員們會進行排練，這對角色剖析和演技準備都非常有利。透過這個排練的過程，導演和演員們一起研究如何將角色扮演得更成功，而很多時候這種工作會持續好幾週甚至更久，但這次在趕時間，現在已經九月份了，再拖下去因為天氣原因一些戲分會很難拍攝，所以並沒有多少時間讓演員們揣摩和練習，只有主角們跟導演相處的時間長了些。這也是為什麼鄭歎他們到的這幾天來一直沒見到男女主角的原因。

都忙著，只有鄭歎閒得讓人嫉妒。

查理拿著劇本，依舊在那裡苦惱深思、嘴裡念叨著，而鄭歎嗅了嗅空氣中的氣味，慢慢往一個方向走。

「哎，你去哪？等等，別亂跑，這裡是片場……」查理顧不上多說，和另外四人緊跟著鄭歎走過去。

「查理，你看那邊！」一個人用手肘撞了撞查理。

「看啥啊？現在不是顧著看明星的時候。」查理連頭都沒抬，視線緊跟著鄭歎，手裡一直抓著劇本。

「不是，你看啊！」

查理沒辦法，抬頭朝同伴指的方向看過去。

「我艸！」查理壓著聲音道。

鄭歎帶著查理幾人走過去的地方，那邊蹲著一隻戴著金項鍊的大耳朵狗，正是那天在車上被抽了一巴掌的法老王。

法老王也看到鄭歎了，甩著尾巴，緊盯著這邊，估計是被主人要求老老實實蹲在那裡，也不許叫，所以才這麼乖。不然，得不到保證的話，楊逸不會輕易讓人帶一隻狗進劇組。

不過，這部戲裡面好像確實有狗出場的戲分，只是按照原劇本上的說法，應該是一隻小型的約克夏才對，而不是這隻大的法老王。

在查理幾人琢磨著趕緊離開的時候，那邊傳來一道聲音。

「喲！真巧啊！」

聲音的主人朝那隻法老王走過去，看法老王使勁搖著尾巴的狗腿樣就知道是牠主人了。

查理幾人心中頓時忐忑起來，剛才這位說「真巧」的時候，臉上可沒有半點意外的意思，顯然早就知道他們會來這裡。

「果然，我就說他們不會善罷甘休的！」那天跟鄭歎一起外出的另外兩人低聲道。

「糟糕了，他該不會找黑……Z的麻煩吧？」另一人說道。

正說著，楊逸讓查理他們過去。

「老王，你說的就是他們？」楊逸指了指眼中帶著不安之色的查理幾人，對正摸著狗頭的人說道。

「對，你不知道，那隻貓脾氣可大呢，膽也肥，趴車窗上呢，衝過來就是一巴掌。」老王笑嘻嘻的說道，看不出生氣的樣子。

「那肯定是你們先招惹的。」楊逸肯定道。

老王只是笑笑，不反駁，眼睛卻盯著鄭歎的方向。

鄭歎也不怕，在看到這隻狗的時候他就想好了，不管對方是不是有意找過來的，現在對上的話，如果對方硬要追究，還能讓楊逸幫忙解決，但現在要是退縮了，到時候有麻煩上門，找不到人幫忙怎麼辦？人生地不熟的。

法老王獵犬的主人姓王，雖然楊逸喊的「老王」，其實這人三十六、七，不到四十歲，看起來像個暴發戶，實際上也是個暴發戶，不過他跟楊逸和孔翰都認識，從楊逸跟他說話的語氣能看出這人和楊逸關係不錯。

查理過來後，老王還跟查理聊了聊，這讓查理幾人心裡的忐忑消散不少。

「這麼說，原本那隻約克夏的戲分改成這隻法老王了？」查理看向楊逸。

「對，都已經跟那隻約克夏的主人協商好了，到時候直接讓米卡上，劇本也稍微做了一些調整，你先看看。」楊逸說道。

原本這隻法老王獵犬被老王的老婆取名叫 Michael，老王說要取個洋氣點的名字，結果叫來叫去，老王這個暴發戶說叫著像賣卡的，於是變成了現在的米卡。有個暴發戶主人真是難為米卡了，楊逸想。

原來就這點事啊。查理幾人頓時放下心來。

「嘿嘿，這也屬於不打不相識嘛。」

「的確。」

米卡受過訓練，只是容易得意忘形，那天趴車窗上叫其實就是在高興，而噴嚏，現在鄭歎也知道了，非訓練狀態下，這隻狗只要被人盯著的時間超過十五秒就會打噴嚏。

鄭歎盯著米卡的眼睛，十秒鐘過去，這傢伙坐不住了，又過了近五秒的時間，一個狗噴嚏噴了出來。

繼續盯，牠繼續打噴嚏，還左扭右扭啊嗚啊嗚的低聲叫，像是難為情的樣子。當然，這只是一些抱著善意的人盯著的反應，要是懷著惡意，那待遇就截然不同了，吼叫不算，撲上來咬都是可能的。

劇組的人對老王也很客氣，幾個演員們也是，大概知道這人是潛在的投資者，就算這部戲沒有投資，後面也會有投資的，打好關係為妙。

離開那邊，查理幾人正說著話，並不寬敞的過道裡，幾個人走過來。

「麻煩讓一讓。」走在前面的人強行將查理擋開，留出過道讓後面的人走。

雖說這裡並不寬敞，但三人並排走還是可以的，可那人卻將查理幾人擋在旁邊，讓查理他們寸步難行，直到幾人全部走過去之後，才放開查理他們。

「哎，查理，他們是誰啊？」

「走中間的那個人叫羅奈爾得，一個偶像明星。你們兩個那天沒出去，沒見到他。」

「哦，就是他啊，也不算什麼大牌啊，這麼跩。」一人嘟囔道。

「有後臺唄！算了，又沒怎麼樣，別在意了。」

秉著退一步海闊天空的原則，查理帶著人繼續走，而鄭歎則聽到已經走過去的人說的話。

「剛才有些太強硬了，對方的底細還不知道呢。」

說話的是羅奈爾得旁邊的人，應該是助理之類的角色。

羅奈爾得不在意的笑笑，「不就是個餵貓的，你還真以為他們有多大能耐？」

聽聽，「不就是個餵貓的」，那語氣就跟鄭歎見過的一些錦衣玉食的人嘲諷農村人時說的「不就是個種地的」一樣。

赤裸裸的鄙視人呢！

——看不起查理？

——不就是個餵貓的？

——沒啥能耐？

——嘁，走著瞧！

那幾人說話的聲音不大，大概也顧及著形象，別人都不知道，但是鄭歎的聽力好，又記了一筆帳。

戲開拍之後，鄭歎看到了兩位主要演員，魏雯和施小天。

魏雯現在已經被很多年輕人奉為女神級別的人物，個人魅力自然不用多說，而演第一男主角的施小天，這人屬於從十來歲小姑娘至五、六十歲的大媽們都喜歡的類型，一個看起來挺陽光的小夥子。

不管是魏雯還是施小天都很懂規矩，或者說他們懂收斂、自我定位清楚，一不是大牌，二沒有強硬的靠山，三還要努力刷新自己在大老闆心中的好感值，當然是極力表現出自己的優點。在劇組內，不管是面對燈光、道具師們，還是一些臉都難以記住的場工，他們倆的表現都很得體，不會自降身分，也不會顯得高高在上。

剛跟施小天和魏雯聊過兩句的查理現在正處在興奮中，拿著簽名和其他四個同伴分享激動的心情，而鄭歎則冷靜很多，他看到魏雯和施小天走過去跟一個在擺弄攝影機的人說話，叫著「姜老師」，且神態帶著客氣和些許恭敬。

同時，離鄭歎不遠的地方，正在記臺詞的陶琪和薛丁靠牆站著，旁邊是楊懷熙跟他們低聲說著話。如果只是對戲記臺詞，鄭歎不會多注意，可他們說的是那個拍攝的人。

「那人姓姜，陶琪應該知道他，他負責拍攝，同時也是你們戲劇學院的教師。在拍攝現場，他是有資格說停的。」

鄭歎看了看那個長相實在不敢恭維的中年人，一個容易被忽略卻不容忽略的人物。

想了想，鄭歎朝那邊走過去。

聽楊懷熙的說法，這位姓姜的人有點來頭。也是，被楊逸請到劇組的，甭管是拍攝的還是送便當的，都不是什麼簡單的人。早就聽聞很多劇組的人既能做自己專業的事情，又能應付一些如火災、爆炸等突發狀況，都是一幫強人。

而這位姜老師，他在劇組的工作就是把膠片掛攝影機上進行拍攝，拍好之後研究膠片上的動作，剪掉那些不合適的、不滿意的，然後將滿意的一段段接起來放給大家看。

在拍攝過程中，聽楊懷熙講，這位姜老師曾經在一個演員正演著的時候喊了停，原因是他要換膠片了。還有一次，一個演員正演著和奸細搏殺並順利殺死奸細的戲碼，他又喊了停，理由是沒看清楚那位演員的刀，讓那位演員再「殺」奸細一次。

那位演員和躺地上渾身是血的奸細皆默默流淚。

所以，後來一些演員在演之前都會問他：「姜老師，您膠片掛足了嗎？」或者是：「您能否將攝影機挪個地方？這裡能看清我的動作。」

但偏偏這人有他自己的想法，別人很難去改變他的決定。當然，如果是大牌演員，他是不會喊停的，只會去配合；而小演員，抱歉，還是聽姜老師的話吧。

鄭歎走到那位姜老師眼前，看著這人。他想瞭解一下這個人的脾氣，以及這人對羅奈爾得和自己的看法，要不然到時候這位姜老師在不合時宜的地方喊了停，那就不好辦了。

正在擺弄攝影機的人察覺到鄭歎的視線，側頭看過去，發現是楊總說過的那隻貓時還疑惑了一下。這貓想幹啥？難道和其他幾個演員一樣，在演之前到自己這裡打好關係？

想到這裡，姜老師笑著搖了搖頭，為自己的想法好笑，然後回頭繼續擺弄攝影機。過了一會兒，他發現那隻貓還在旁邊，似乎還饒有興趣的看著自己擺弄攝影機。

「你看得懂嗎？」姜老師轉過身，對著貓的方向問道。他看了看黑貓脖子上的那個「Z」字貓牌，「Z是吧？現在還沒到你呢，一邊睡去。」

頓了頓，姜老師掏掏口袋，掏出一袋沒吃完的餅乾，蹲身朝黑貓的方向遞了遞，結果發現對方挑剔的看了一眼之後，扭頭離開了。

「嘿，這是在嫌棄嗎？」姜老師跟旁邊的人說道，「牠剛才那眼神是嫌棄吧？」

「……好像是。」

看到走過來的楊逸，姜老師跟他說了剛才的事。

楊逸看了看黑貓的離開的身影，笑著對姜老師道：「覺得那貓怎麼樣？」

「挺不錯，適合這戲。」

鄭歎雖然走開，但耳朵一直支著，注意聽那邊的動靜。聽到姜老師和楊逸他們的對話之後，鄭歎放心了，這人並不討厭貓，對自己的評價也還好，再加上楊逸的原因，到時候應該不會「停」自己的戲。至於羅奈爾得，那位姓姜的並沒有提到，暫時不知道他的看法。

一個半小時的電影，一百多場戲，數百上千個鏡頭，有的場次也不是按順序排的，楊逸和孔翰自有他們的安排。

開拍以來的這段時間，鄭歎旁觀了兩位主角的戲，還有羅奈爾得和陶琪、薛丁等人的戲，除了一開始因為緊張和不適應、ＮＧ多了些之外，之後幾天大家都還好，孔翰也沒有擺出臭臉。

鄭歎雖然不待見羅奈爾得這人，但他演起戲來還真過得去，不知道是不是因為本色演出一個富二代有些高傲囂張的角色，他的戲演得還算不錯。

現在正在拍的這一場是男主角、女主角以及薛丁的戲，作為戲中男主角的鄰居，薛丁這個配角出場也不算少。

鄭歎蹲在楊逸旁邊，聽楊逸跟老王低聲聊著。這邊並沒有其他人，他們的低聲聊天也不會被人聽到。

「那個配角不錯，沒有被兩位主角壓下去，也沒有搶戲，演技也還行。」老王說道。他不會用很多專業的語言去評價，只是簡單一說。

魏雯和施小天有那個天賦，再加上受過專業的教育和培訓，有演戲的經驗，能力不用懷疑，沒那能力孔翰也不會讓他們演主角。而很讓人驚訝的是，薛丁這個平時並不顯眼的人卻也讓孔翰和老王稱讚有加。所謂的「還行」，在老王的評價裡面已經算高的了。

「新挖的一個，臨演出身。」楊逸說道。

雖然臉上看不出來，但聽語氣能判斷出，他對薛丁的表現還算滿意。

好萊塢電影之所以橫掃全球，其中之一在於演員。他們不僅擁有一支國際明星隊伍，還擁有數以十萬計的簽約的職業、半職業演員。在好萊塢電影中出現的街道上的行人、戰鬥中的戰士、海灘上的遊人、餐館中的食客，幾乎全部由職業、半職業演員扮演，而並非隨意拉來的路人。在那邊，即使專門從事臨時演員工作，也能獲得中產階級的收入。這支數量眾多、品質上乘的臨時演員隊伍，是好萊塢演員力量的重要組成部分。

同樣的，國內電影也擁有一支超過十萬人的臨時演員隊伍，也就是這個圈子裡人們常說的「北漂」、「橫漂」等。但國內臨時演員的水準乏善可陳，也普遍沒有接受過專業化的教育，大部分並不具備基本的演員素質，在拍攝工作中屬於不折不扣的活道具。大多數的臨時演員入不了那些專業人士的眼，但也有少量的臨時演員經過長期實踐積累能夠掌握一定的表演技術，給人帶來意外之喜，如薛丁。

當年在國外的時候，楊逸就專門觀察過那邊的電影拍攝，回來之後也去過一些拍攝現場，看看那些臨時演員，而薛丁就是楊逸在那時候發現的，事後還觀察過一段時間，最後決定簽下。

楊逸這人，喜歡發掘。

「老一輩表演藝術家曾說，舞臺上只有小演員，沒有小角色，哪怕只有一句臺詞，也要演得入目三分。就算是演個配角、龍套，所下的功夫和傾注的熱忱也應當與扮演主角不相上下。」楊逸說道，「有次我發現，那小子為了演個龍套刑警的角色，他光掏槍的動作就練了上百遍。」

楊逸就是看中了薛丁的這股認真勁。

每年有那麼多的演員進入這個圈子，大多數接受過系統的訓練，但就算是科班出身，幾年之後有的非常出名，有的默默無聞，有的演技精湛，有的濫竽充數。

人品和能力並不成正比，而名聲與才能也並不總成正比。

「聽說過一句話沒有？」楊逸問。

「什麼？」

「笨人是下不了笨功夫的，笨功夫是聰明人才幹的事。」

老王聞言笑而不語。他當年是公認的後段生，但現在看，當年的那些同學，那些曾意氣風發的同齡人們，現在有不少還在為一棟房子而日夜操勞。

鄭歎在旁邊若有所思。

◆◇◆◇◆◇◆◇◆

又過了一週，終於輪到鄭歎了。

從前一天就開始，查理表現得比鄭歎還緊張，看得楊逸好笑。

當然，或許在很多人看來，貓並不會緊張，也意識不到接下來要做的事情，緊張的自然是查理，這也說得過去，大家看到查理時也表示理解。

查理欲哭無淚。

到達片場之後，查理再次跟鄭歎講了一下今天要演的內容。

一場魏雯和施小天的戲之後，休息了一會兒，鄭歎的戲開始了。

查理攥著劇本，手心都是汗，劇本的紙都皺了。周圍的人都伸長脖子看著，剛拍完上一場戲的演員們也都沒離開，他們第一次跟貓同臺演出，感覺很新奇，就連楊懷熙也難得的沒有向陶琪和薛丁分析角色、對臺詞，也盯著這邊。

貓食呢？貓食在哪裡？拍寵物片不都要準備食物的嗎？眾人心中疑惑。

老王帶著米卡，難得的近距離觀看，帶著期待。

接到查理「ＯＫ」的視線之後，孔翰示意各就各位。

「Action！」

等了幾秒，不見動。

床上凸起的那一團像是真睡著了似的。

周圍的人也疑惑。是不是還得用貓食來引誘一下？

查理幾人心裡那個急啊！以前黑碳可不是這樣的，一喊「開始」就開始了，難道是聽不懂英文「action」？也不對啊，小郭有時候也說「action」，拍紀錄片的時候也是喊「action」，有時候還直接喊「a」，這隻貓也很配合的開演……今天這是怎麼了？

一邊看好戲似的羅奈爾得嗤笑了一聲，被旁邊的經紀人拉了拉衣袖，撇撇嘴，不以為然。

孔翰皺眉，然後看向一旁的查理。

查理緊張得渾身是汗，見鄭歎在孔導喊了「action」之後並不配合，孔翰都看過來了，頓時心裡一慌，也顧不了那麼多，對那邊道：「Z，開始了！」

那邊，終於動了。

有些狼籍的房間裡，不大的床上，靠著枕頭的那裡，從薄毯下露出一點兒毛茸茸的、尖尖的黑耳朵。

鬧鐘響。

床上凸起的那一小團動了動，黑色的倒三角鼻尖從薄毯下露出來，大概因為不適，幾根長長的鬍子也抖動了兩下。

接著，嘴張開，打了個哈欠，露出嘴裡的白色尖牙。

因為打哈欠而大張著的嘴巴裡，帶著肉刺的舌頭，明顯就不是人類的。半睜開的眼睛裡帶著些剛睡醒的朦朧，微微抬頭看向窗子的方向，因為從窗戶照射進來的光，眼裡的瞳孔從橢圓縮成窄窄的梭狀，就像叢林中那些醒來的獵食者……

這一場，從起床到發現不適，再到站在落地鏡眼前，拍了不下十次，分開拍攝，其中還有一段直立行走的戲，也是分幾次拍攝。不是鄭歎不能演，而是不敢直接演下去，會被當怪物的。所以鄭歎裝傻了，演一下子就不演了，或者不照著劇本演，孔翰自然會喊卡。

可鄭歎不知道的是，在孔翰和很多人看來，這已經是夠省事的了。拍完這一場之後，周圍的那些人還都讚口不絕，聽得鄭歎臉都發熱。

真是……太不好意思了。

◆◇◆◇◆◇◆◇◆

第一天拍攝，很順利，查理幾人也放下心來，跟小郭打電話彙報的時候語氣也很輕鬆，這讓他們對接下來的拍攝日子有了信心，不那麼忐忑了。

「大家對我們都很不錯，楊總也好，孔導也好，都挺好說話的，劇組的人對我們也很客氣……沒，我們什麼都沒透露，這點我們當然知道，不會將黑碳的底細說出去……嗯，好的……」

查理在那邊講電話，鄭歎趴在沙發上看電視，其他幾人在打撲克牌。

電視裡正播放著一部偶像劇，是羅奈爾得參演的那部。羅奈爾得在裡面的角色和這部電影裡的很像，鄭歎看著劇中的羅奈爾得，如果這人真的是本色演出的話，那就比較容易推測出這個人的性格和喜好。

鄭歎曾經想著跟羅奈爾得同時參演一場戲的時候搗亂不配合，但回頭又想了想，那樣只會拉低自己在別人心裡的評價和印象，對羅奈爾得其實起不了多少作用，要「卡」也是因為自己的原因才「卡」的，而不是羅奈爾得，劇組的人肯定會對羅奈爾得報以同情。不僅適得其反，還干擾了拍攝進展，這種法子不能用。

一邊看著電視裡的狗血戲碼，鄭歎一邊回想著劇本。

「黑碳，少看點這種劇，看多了會變成白痴的。」那邊打牌輸了一包菸錢的人過來對鄭歎說道，同時打算將鄭歎腳邊的遙控器拿來換個頻道。

這人自然不會認為鄭歎真能看懂這些劇，只以為鄭歎是在看那個讓他們討厭的羅奈爾得，而他現在正想看一部抗戰劇。

鄭歎在他伸手過來時抬爪子將遙控器按著，不讓他拿。

對上鄭歎的視線，那人無奈的搖搖頭，「好吧，你繼續看。」說完又回到牌局繼續開戰。

等劇放完，鄭歎看了一眼牆上的鐘，快十一點了，還是洗洗睡了，明天要繼續拍戲。這邊只有三間房，鄭歎獨占一間，另外兩間由那五人分配。

接下來的日子，鄭歎依舊很閒，剛開始的時候是有那麼點不適應，畢竟周圍那多人，有明星，或許還有未來的影帝影后旁觀著，說完全平靜那是不可能的，但鄭歎很快就適應過來，還游刃有餘，有時間琢磨什麼時候能表現得笨拙一些。

第六章

明星喵也記仇

這天，又有鄭歎的戲。

男主角去超市買電動牙刷，他想著變成貓之後刷牙也能省事一些，結果剛付完錢，就發現自己手背上開始有黑色的毛冒出來，他知道自己要變成貓了，趕緊開車往家裡奔。從人到貓會有一段變化的時間，他就是要在這段時間內回到家。

這其中還有一個飆車的過程，當然，拍的時候並不是真正的飆車。

男主角一陣風似的爬上樓跑回家之後，砰的關上門，鏡頭一轉，室內，購物袋裡的東西滾了一地，剛才進門的人已經不見了，地上只有衣服和褲子，一隻黑色的貓從運動衫裡面爬出來……

拍攝過程很順利，鄭歎爬出來的時候還「超常」發揮了一下，像是喘氣的樣子，然後脫力似的趴下。

「這一場過了！」

孔翰對今天上午的拍攝效果和進展很滿意，想著要是一直這樣就好了。只可惜，孔翰的好心情沒堅持多久，下午的拍攝讓孔翰發飆了。

NG，又見NG，再見NG，還他媽的NG！

孔翰將手裡捲成筒的本子狠狠砸到地上，臉上滿是陰沉。

不同於平日的親近樣，孔翰一拍起戲來就變了，有時候暴躁，有時候一副人畜勿近的樣子。

鄭歎看了看同樣臉色不好的羅奈爾得，以及女主角魏雯，雖然魏雯臉上的表情並不明顯，但看得出來她心裡也是很不滿的。至於NG的原因，自然是羅奈爾得。

戲開始之前，孔翰跟他們幾個主角和配角都說過戲，雖然沒有太詳細、太深入的解說，但這部戲本來就沒有太多的深度，賣的就是新奇，賣的就是搞笑，但就算沒有太大的內涵，卻也是要看演技的。說戲的時候，其他演員都很配合，偏他羅奈爾得不這麼做，還三天兩頭出去鬼混，所以孔翰也不會硬湊上去繼續解說讓人生厭。

原本孔翰覺得戲裡的第二男主角這個角色對羅奈爾得沒有多大難度，基本上是本色演出，但偏偏總出問題，現在是大家陪他一起耗，可這位卻只板著一張臉，也不過來虛心詢問一下哪裡演得不好。

圈子裡有這麼一句話，站在攝影機前面，導演是演員唯一的依靠。所以就算是現在各種先進的現代化設備爭相上臺，導演能夠在其他地方盯著監視器然後下指令，但孔翰每次都和大部分導演一樣，就站在攝影機旁邊或者附近，以便讓演員更方便和導演直接交流，而不是讓他們拍完一個鏡頭之後不安的去想到底拍得怎樣、導演是什麼看法。

可現在，人家羅大少不買你的面子。

孔翰雖然氣，但也不能由著羅奈爾得這樣。

「羅奈爾得你過來！」孔翰語氣很不好的說道。

羅奈爾得還一臉的不樂意，他在這裡只給楊逸面子，孔翰的面子都不買。助理小聲勸說了幾句，羅奈爾得才不情不願走過來，氣得孔翰差點內傷。

同時，孔翰心裡也決定，以後自己導演的戲，羅奈爾得都被排出局，這次讓他加入進來演第二男主角是給羅奈爾得父親的面子，這人還真當自己是超級影帝人人追捧了？！

以後這位還是演偶像劇去吧！

這場戲是片中女主角和第二男主角兩人因為男主角最近總是莫名其妙消失的事情有不同的看法，也發生了爭執。但就是這場戲，總是過不了，原因在於羅奈爾得。

「你應該演的是『我這麼好，妳為什麼不選我』，而不是『我這麼好，妳算個屁』的表情！還有，你是在演戲，不是在模仿！」

粗口都爆出來，可見孔翰現在已經相當不滿了。

孔翰這話其他人聽不明白，羅奈爾得自己是知道的。

他確實是在模仿，之前有一部很紅的電影，那裡面的一個富家公子，演員是一線男影星，實力派的，演的是那位富家公子對一個有異心的女人很憤怒的那一幕。孔翰看過，而羅奈爾得的面部表情和那幕很像，或者說，幾乎是複製了那位演員的表情。

羅奈爾得在模仿這方面確實做得挺不錯，但這不是孔翰要的結果，甚至都不符合這場戲。

孔翰對羅奈爾得單獨說了大概二十分鐘，然後大概羅奈爾得找到了狀態，繼續開拍，不過改變了原計畫，待會兒從爭吵到第二男主角坐在桌子前猛地灌酒、然後憤怒離開，這一連串的劇情一口氣拍完。

不同導演的作品都有他們自己的藝術特徵，就像有些導演在運用長鏡頭方面有其獨到之處，而且一場戲就是一個鏡頭。也就是說，對在一個場所進行的戲要毫不間斷的一口氣拍下來，當然這樣可能會有粗糙和不夠細緻的地方，比較難拍。

孔翰並不屬於這類，和其他很多導演一樣，他作品裡面每一場戲都是由若干個鏡頭組成，受歐美一些電影的影響，現在將鏡頭越分越細的拍攝方法也大為流行。但孔翰也不是個頑固的人，既然在羅奈爾得這裡出了些小問題，找個合適的方式解決就行了，面部表情什麼的，既然羅奈爾得演不好就算了，換個法子。不是孔翰不想精益求精，而是這個演員本就這樣，真入戲了那就是超常發揮。

「Action!」

女主角將懷裡的黑貓放到椅子上，一邊對第二男主角說著話。

鄭歎從椅子上跳到桌面，桌面放著幾瓶酒，都是高檔酒，至少看上去瓶身是高檔酒的瓶身。

今天近距離接觸魏雯，鄭歎發現這位女演員身材真不錯，那胸、那長腿……

其他人壓根不會想到場中那隻黑貓心裡現在在想什麼，還覺得那隻貓真聽話、真配合，不愧是導演和 BOSS 找過來拍電影的，比羅奈爾得要讓人省心。

這次羅奈爾得確實有了改進，但不能仔細去看，打特寫的話就不行了。不過，怎麼處理是孔翰的事情，鄭歎看到兩步遠處那兩人正「爭吵」著，演得投入，尾巴尖晃悠了兩下，好奇似的走到倒好的沒喝完的兩杯酒旁，將爪子伸進其中一個裝著半杯酒的酒杯裡面涮涮。

這個杯子靠右一些，是羅奈爾得剛才拿過的杯子。

那邊兩人正投入著，壓根沒注意到鄭歎這邊。而鄭歎也很快收回手，遠離杯子走了幾步，一副這玩具沒意思的樣子。

原本陰沉著臉的孔翰眼裡也不禁露出了些笑意，不過畢竟待會兒羅奈爾得要喝的並不是酒杯裡的酒，而是旁邊的那半瓶。當然，也不是真的全喝完，做做樣子而已。既然是這樣，他也就沒喊停，能拍到這一幕算是意外之喜，到時候放進電影裡面也能增添一個笑料。

或許觀眾會以為本就是這樣安排的，男主角變成貓後看第二男主角不順眼，伸爪子在酒杯裡面攪了攪，本以為能坑到對方，卻沒想到對方並沒有拿酒杯，而是拿旁邊的那半瓶酒。

再說，現在羅奈爾得好不容易有那麼點進展，停下來太可惜，大家都不想再陪他ＮＧ了。

周圍其他人心裡也是跟孔翰一樣的想法，只有羅奈爾得的助理有些擔心，他看著孔翰的方向張了張嘴，但羅奈爾得好不容易找到狀態，這次停了，下次就難說了，很顯然孔翰也沒有耐心去跟羅奈爾得繼續說戲，連楊逸都露出了明顯的不耐，他不敢觸霉頭。

——哎，算了，但願羅奈爾得能按劇本來演。

姜老師看了看孔翰，見孔翰並沒喊「cut」，也不吱聲。

那邊，第二男主角跟女主角爭吵了之後，第二男主角怒氣衝衝走到桌邊坐下，然後拿著桌子上的那半杯酒就這麼直接灌了進去，一點兒都不留。早就安排好的那半瓶酒，連瓶身都沒碰。

周圍人：「……」

一片詭異的安靜。

旁邊陶琪、薛丁他們憋笑憋得滿臉通紅，楊懷熙甚至捂著嘴生怕自己真的大笑出來。連陰沉了半天臉色的孔翰都氣樂了，拿著捲成筒的本子擋住臉。

這羅奈爾得不是自己找虐嗎？

他自己不按規矩來，結果現在這樣了怪得了誰？

羅奈爾得剛才並沒有注意杯子，雖然覺得這酒喝起來口感有那麼點不對勁，但也並未在意，只想早早將這場戲演過去。

等這一場演完，孔翰決定「過」之後，羅奈爾得發現了大家看他的古怪眼神，以為大家在看不起他剛才的表演，嘲笑他今天下午的ＮＧ，鼻腔裡哼了一聲，接過墨鏡離開。下午也沒他的戲分了，他打算離開，在這裡覺得特別不爽，憋了一肚子氣，出去撒一撒。

孔翰也不管他，讓劇組的人休息十分鐘之後繼續。

這場戲雖然過去了，但是大家心裡都憋著笑，尤其是看羅奈爾得不順眼的一些人，心裡那個暢快啊！

其實大家都覺得剛才鄭歎的行為只是一隻貓一時興起的結果，畢竟貓總是有那麼點手癢，養貓的人都知道，能理解，也壓根不會覺得是鄭歎刻意而為，一隻貓而已，哪那麼複雜。

可偏偏就是這隻貓，在眾目睽睽之下將羅奈爾得坑了，坑得大家都覺得是羅奈爾得自找的。

這是鄭歎從卓小貓那裡學來的。

卓小貓調戲老師、調戲同學的手段讓鄭歎知道，當你對一個人的習慣有了瞭解，坑他就只是瞬間的事。

早在這一場戲之前，鄭歎就聽羅奈爾得向助理抱怨過為什麼要拿酒瓶子喝酒，那樣太不雅，像街上的流浪漢似的。鄭歎看羅奈爾得演的那個偶像劇中也沒有拿酒瓶的，端酒杯倒是端出一幅貴族樣。而且羅奈爾得這個人有點我行我素，甭管別人說好的事，他只按照自己的喜好來。

說好聽點是愛不合時宜的自我發揮，說難聽點那叫亂搞。

今天這事，鄭歎只是試試，坑不了也沒關係，戲也不會中途停下來，但沒想到羅奈爾得還真的喝下去了。

酒杯裡面其實並不是真的酒，只是一些調製而成的、看上去與那些高檔酒很像的飲料，但涮了貓爪後這飲料裡有什麼？

灰塵？細菌？哦，大概還有幾根貓前腳掌那裡的每天在地上掃來掃去還踩過馬桶的毛。

全都那麼喝下去了，還喝得那個豪邁勁。

在很多人眼裡，羅奈爾得就是喝了一隻貓的洗腳水。當然，他們也不會出去亂說，現在還在拍攝期間，會惹麻煩。

這事第二天羅奈爾得才知曉，氣得將房間裡的東西都砸了，在片場也是看誰都不得勁，態度也不好，尤其是看鄭歎的那眼神，像是要直接過來拚命似的。

助理和經紀人都勸他暫時忍一忍，但顯然一點兒效果都沒有。

某天，羅奈爾得第七次遲到，老王笑了聲。

「呵，還挺大牌的。」

這話除了楊逸之外，也就老王會直接說出來，不避諱什麼，也不怕羅奈爾得報復，他對羅奈爾得的背景還是知道的，能夠應付。

老王這人看上去大大咧咧，有什麼說什麼，但真要是什麼得罪不起的人，老王不會就這樣說出來。他又不傻，能打拚到如今的程度絕對不是個腦殘。

這個「呵」有很明顯的嘲諷意味，羅奈爾得也聽到了，瞪向老王，老王笑咪咪的迎上去，視線也不避開，最後還是羅奈爾得先挪開視線。

老王用小拇指挖了挖耳朵，轉頭看向旁邊的狗，「米卡啊，你說，怎麼有些人就是自己想不開找虐呢？」

蹲旁邊的米卡不知道聽明白主人的話沒有，見主人看過來，十五秒之後，又開始不自在的打噴嚏。

「瞧你那傻樣！」

老王拍了拍米卡的頭，繼續想著投資個什麼電影讓米卡再客串一下。聽楊逸說之前那部紀錄片中，韶光集團董事長家的貓還過去客串了。老王喜歡跟風，有錢有了身分之後，就更喜歡跟風了。養狗也是，不過不同於別人養藏獒，他覺得法老王這犬種聽起來很對胃口，一聽就是他們老王家的，於是便養了。

當然，能夠讓他跟風仿效的都是一些社會地位遠高於他的。至於羅奈爾得和羅奈爾得他爹，爹不錯，可這兒子就拖後腿了。還好自家孩子教育得好，老王得意的想。

其實要是以前，羅奈爾得也不會直接對姜老師等人甩臉色，他不會隨意得罪一些在圈子裡有些老資格的人，但這幾天下來他心情急轉直下，不僅僅是因為鄭歎那天的所作所為，還有孔翰的高要求。

壓力一大，羅奈爾得的脾氣就暴躁起來，只有被楊逸呵斥的時候才會收斂一下。孔翰都差點直接讓他走人了，他寧願重拍，要不是羅奈爾得的父親親自打電話過來，羅奈爾得未必還能留在片場。

被父親說過之後，羅奈爾得老實了幾天。

但也只是老實幾天而已，他很快又開始折騰了，三天兩頭受個傷，雖然是小傷，但夠讓人懸心的。更搞笑的是，這些傷都是這位自找的。

比如原本安排好的路線，他偏偏要繞道，結果差點將自己的腿劃傷；為貓搭的架子，雖然看上去跟人們常用的梯子差不多，但畢竟不是專門給人用的，拍的時候羅奈爾得不按照原來的劇本爬樓梯，偏偏跑去爬梯子，要不是孔翰喊卡，這位還真要踩著這個貓用梯子爬上去，那樣的話不摔傷都是幸運。

這都不是鄭歎主動去招惹的，只是他事先做過準備，而每次都是羅奈爾得自己找上來。鄭歎之後都會擺出一張自己很無辜的臉。再說，這本就不是他的錯，都是羅奈爾得主動的，他不過是稍微「幫」了一把而已。

每次輪到羅奈爾得的戲，孔翰的眉頭都皺著，他知道這位羅大少又開始「自我發揮」了，要是其他演員，孔翰早就喊了卡，但偏偏是這位。他只想讓這位羅大少趕緊拍完滾蛋，自我發揮就自我發揮吧，只要拍出來的效果不差就行了，還好沒有讓這位擔任主角，其他幾個挑戰大的角色也沒有讓他來。

其他演員和工作人員心裡也有意見，你說你幹嘛老盯著那隻貓啊，那邊的木板不結實，讓你從另一邊走，你走了嗎？貓蹲的地點那邊更薄弱，人在那邊比較危險，有沒有跟你說？這些都說過吧？

孔翰都無語了，這種不滿是對著羅奈爾得，而非鄭歎。他一直秉著以人為本的原則，拍攝之前都要讓相關工作人員仔細再仔細，可偏偏這位不按規矩來。如果孔翰現在在圈子裡的名氣和地位再高一些的話，絕對會讓羅奈爾得直接走人，只是孔翰現在還年輕，沒打拚到那個高度，有些事情就得忍，只是在私下裡對著楊逸的時候抱怨不少。

楊逸也保證，以後拍其他戲不讓羅奈爾得參演，除非這人做出實質的、讓大家願意接受的改進，在那之前，還是眼不見為妙。

就在這樣的膽顫心驚中，拍攝進行到尾聲，羅奈爾得的最後一場戲還折騰了一下，不去追「匪徒」，跟在貓屁股後面跑，結果不知道怎麼腳底一滑，摔著了，臉上也摔傷，右眼瞼的右下方摔出一圈血跡。

孔翰讓羅奈爾得的經紀人趕緊帶他去醫院治療，至於演出的部分，到時候補拍就行了。眾人說起羅奈爾得的時候怎麼評價的？連隻貓都比不上。

還好涉及到爆炸戲的劇情裡沒有羅奈爾得，不然說不定又要搞出什麼事。

等終於殺青，眾人鬆了一口氣，大家想的都是終於不用再擔心羅大少了，真難伺候。連查理都覺得跟羅大少一比，鄭歎簡直是太讓人省心了。

這次直到電影拍完，鄭歎都沒用上替身。

是的，為了防止某些突發狀況或者不配合的情況，孔翰還找人借了隻跟鄭歎長得相當像的黑貓，作為鄭歎在這部片子裡面的替身。然而這段時間以來，這隻貓卻一直都沒能用上，而牠也沒有因此焦躁，每天好吃好喝有人伺候著，倒還算安靜，吃飽就睡，胖了一圈。

相比起鄭歎來說，牠實在是太「乖」了，乖得沒多少活力。不過，對很多居住在城市裡的人而言，養這種貓不用多費心，好養，真要是鄭歎這樣的，估計一天到晚擔驚受怕，一個不注意就會發現沒影了。

時間已到十二月底，就算這邊的氣溫比楚華市稍微高一些，也能明顯感受到冬天的來臨。

殺青宴上大家都帶著笑，孔翰也是，楊逸也是。大家不敢灌楊逸酒，火力便對準孔翰了。楊懷熙他們也過來主動跟查理搭話。這段時間，他們都看到楊逸和孔翰跟查理的交流很多，雖說是因為那隻貓拍戲的原因，但查理也替陶琪、薛丁他們說過好話。

不僅是陶琪、薛丁過來跟查理碰杯，魏雯和施小天也過來了。這段時間的接觸下來，查理不會像一開始那麼激動，但一想到這些都是很快會成為大明星的人，心裡就忍不住再次激動。

殺青宴結束，下樓的時候，羅奈爾得看到站在樓梯那裡尾巴甩動著的貓，臉上有一瞬間的扭曲。他推開助理的幫扶，走過去。

「啊——羅奈爾得！」羅奈爾得的助理驚叫。

「怎了麼怎麼了?!」其他人聽到聲音走過來。
楊逸和孔翰出來的時候就看到羅奈爾得從樓梯上滾下去的那一幕。
「他喝多了吧?」
「應該是,剛才我看到羅奈爾得好像是要去踩貓尾巴,結果不知怎麼的,自己滾了下去,估計喝多了一腳踩空。」說話的人撇撇嘴。
又在找死了。眾人心裡同時想。
摔骨折躺地上的羅奈爾得頭昏眼花的,酒精帶來的迷糊感因疼痛而稍微清醒了些,抬頭看過去,他看到了穩穩站在木質樓梯扶手上的貓,對上了那雙貓眼,那是在拍攝時從未見過的眼神,帶著一種詭異的驚悚感。他想到了曾經用作電腦桌布的那張猛虎特寫圖,一樣的眼神。

◆◇◆◇◆◇◆◇◆

殺青之後,演員們陸續離開,各有各的工作要繼續。羅奈爾得也被他爸派的人帶了回去,估計要養很長一段時間的傷。
人們常說傷筋動骨一百天,雖然不絕對,但也是有一定道理的。
在得知羅奈爾得離開後,查理幾人的心情都好了很多,不用擔心會碰到這位大少爺了。

小郭那邊並沒有催促，只讓查理他們在聖誕節前一週回去就行了。現在小郭正忙著拍攝《老貓》，根據顧客和網友們的反應來看，這部生活化的紀錄片還是很成功的，網路上點擊率很高，在貓友圈裡也有了名氣。

這部紀錄片並不純粹只是講述哪些貓活了多久，其中還有一些貓們的「養生之道」，平日裡吃什麼、吃多少、做什麼等等，這都是貓友們熱議的話題。

雖然小郭沒有催促，但焦家人想鄭歎了，這三個月來隔幾天就一通電話打來瞭解一下鄭歎的狀態，現在知道拍攝完畢，早就催著鄭歎趕緊回家了。

鄭歎自己也沒想繼續在這裡待，但楊逸說還有一些工作需要確定一下，讓查理遲幾天再帶鄭歎回楚華市。當然，留在這裡的這幾天，查理幾人都是自由的。到年底了，親戚朋友多的會拜託他們帶一些海產或者其他本地特產回去，因此查理幾人並沒有閒著。

查理幾人出去購物的時候，把鄭歎放在孔翰那裡。孔翰在這個城市有自己的房子，拍攝期間楊逸就暫居在孔翰這裡。孔翰的老婆留在京城，等這邊的事情處理完之後，孔翰也是要返回京城去的。

現在，偌大的房子裡就只有孔翰和楊逸，再加上鄭歎。

剛拍攝完，孔翰這兩天休息，然後再去參與後續的製作工作。此刻，楊逸和孔翰正在說影片配樂和主題曲的事情。配樂已經交由專業的團隊去製作了，主題曲還沒有定下來。

鄭歎跳上茶几，看了看放在上面的一張列印紙，上面列出了參與音樂製作的人，其中，鄭歎看到了一個熟悉的名字。

這上面有阿金他們的樂團！鄭歎沒想到楊逸會讓阿金他們參與進來。

聽楊逸和孔翰談起阿金他們樂團的時候，評價還挺高，尤其是阿金，楊逸很欣賞，評語是「潛力無限」。

不知不覺中，當年一臉頹廢、帶著彷徨和絕望蹲在夜樓門口的那個年輕人，已經成長到這個地步了。

或許每一個出來打拚的人都會有這樣或那樣的坎坷經歷，就像阿金，就像默默跑了幾年龍套暗地裡下了不少苦功夫的薛丁，只要給了他們機會，他們就會使勁發出自己的光來。

「噢，黑碳，說起來阿金他們也算是你老熟人了吧？」

這裡只有楊逸和孔翰，都知道鄭歎的底細，所以也直接叫了鄭歎的貓名，而不是藝名。

至於阿金他們和鄭歎的關係，楊逸也做過瞭解，當時看中阿金他們的樂團就是因為那年比較紅的一首曲子——《貓的幻想》，後來找阿金談話的時候，楊逸瞭解到阿金他們是在楚華市崛起的，而這首曲子的創作完成也是楚華大學一隻貓的功勞，除了讓阿金創作出這首曲子的貓之外，阿金還談到了鄭歎，之後楊逸又做了些調查。正因為這樣，楊逸才覺得鄭歎很神奇。

楊逸並不多喜歡貓，之前拍攝紀錄片也是因為他外公的原因，但他對貓也做過瞭解，他從來沒見過哪隻貓有這樣的能耐。

想到當初看到調查結果的時候驚訝的心情，楊逸搖搖頭說：「世間無奇不有。」

正說著，楊逸的電話響了，他走到陽臺那邊接了通電話，然後出門去機場接個朋友。

查理幾人回來的時候，楊逸還沒回來。

「你們週五的飛機是吧？」孔翰問。今天已經週二了，離週五也沒幾天。

「不是，我們開車回去，之前的車出了點問題，楊總讓人幫忙拖去修了，所以那段時間一直開著楊總給的車。現在車已經修好，我們幾個都開車回去，這樣方便些。」查理回答。

孔翰點點頭，「也是，帶著貓還是開車來的方便，你們幾個人輪流開也不會累。」

「確實。對了孔導，要是還有什麼需要，要補拍重拍之類的事情，直接打我電話就行了。」查理對孔翰說道。

按照原計畫，現在這部電影雖然拍完了，但也只能算是前期拍攝完成，還需要後續製作，這個時間得持續幾個月；至於上映，那得到明年暑假。算是暑期檔的電影了。

「行，你們多注意點。」

「好的孔導，那再見了。」

離開孔翰的住處之後，在車上查理他們幾個還在議論今天買的東西，有的買給老媽的，有的買給姑嫂的，當然，老婆、女朋友的也不會少。

「我好像還少買了些東西。」後座上一人拿著本子看著清單上一個個打勾的項目，發現家裡要他買的東西還有幾個沒買。

「明天再去吧，反正沒多少了，我的今天差不多都搞定了，明天你們去買東西，我出去散散步，多拍幾張照片。」

「明天把黑碳一起帶出去吧，沒必要再把牠送孔導這裡。」查理說道。

他們都不放心將鄭歎獨自留在屋裡，別的貓還行，鄭歎是個特例，要不然查理也不會去麻煩孔翰。

其他幾人也沒異議。

於是，第二天，鄭歎跟著幾人繞著城轉了一圈。最後來到海邊，查理他們想在這裡多拍幾張照片。

雖然這個季節看不到穿著紗裙和比基尼的美女，附近人也不多，但查理幾人熱情不減。

看海也是要看季節的，有人將五月的大海比作是溫柔的少女，是個不錯的時節，可以攜上戀人或妻子，選擇一個太陽並不那麼毒辣的黃昏，到海邊浪漫浪漫。

但現在是冬季，而且還是五個大男人加一隻公貓，有個屁的浪漫因素！他們來這裡也只是純粹拍照留個紀念而已，畢竟楚華市位居內陸，能見湖、能見江河，卻不見海。

很多人覺得這個時節的大海有些凶暴，並不喜歡在這時候去看海，但也有人喜歡這種寒風凜冽海浪洶湧的令人震撼的海景。

吹著海風，查理撥了撥被風吹亂的頭髮，「聽說再過一段時間這邊會變得更冷，現在這樣還忍受得住。」

鄭歎是短毛，但也感受得到毛被吹得逆起來的感覺，鬍子也在動。

幾人在這邊擺了各種姿勢拍照，鄭歎也加入其中，只是拍了這麼多，沒有一張合照。

「我們找個人幫忙照一下吧。」

拿著相機的人看了看周圍，目光落在一個朝他們這邊走過來的身影上，抬腳跑過去。

「嘿，美女，能幫忙照張相嗎？」

「可以。」

對方沒有拒絕，並加快了步子朝查理他們這邊走過來。等這個女人走近，查理幾人才後知後覺的發現，這位真高！

五人裡面最高的一個是一百八十公分多一點點，大概一百八十二、三公分的樣子，但站在這個女人眼前卻壓根感覺不到身高優勢，雖然對方穿著帶跟的皮靴，但那跟也不算高。這樣看來，這女的絕對有一百七十五公分以上。

在劇組的時候，查理他們見到的幾個女明星那臉蛋是一個賽一個的漂亮，身材也好，相比之下，眼前這位的論臉蛋，顯得弱了那麼些，但很奇怪的是，這女人即便臉蛋不出彩，即便隨意綁著馬尾，即便穿著簡約並不華麗，但整體上給人的感覺卻不輸給那幾個明星，甚至有一種更強的氣場，說不出來的感覺。剛才這個女人走過來的時候，查理幾人的心跳都不自覺快了一些，鄭歎也是。

「妳是模特兒嗎？」一人問道。

對方淡笑著點點頭。

「真的？妳叫什麼，我到時候查查，感覺妳應該是個有名氣的模特兒。」另一人說道。

不過，對方並沒有要報出名字的意思，只是道：「一個小模特兒而已。」

大概也是察覺到剛才問的話有些突兀和失禮，查理踢了踢問名字的那人，然後看向眼前的女人，將相機遞過去，「那就麻煩妳了。」

對方接過相機，等查理他們擺好姿勢之後拍照。

一連拍了十來張之後，查理他們才結束擺 pose。

「謝謝了。」查理道。

「不客氣。」對方笑著說完便轉身離開了。

不過在離開之前，她的視線在鄭歎身上停留了一下，這點查理他們沒察覺，但鄭歎看到了。

其實從這個女人過來之前，他就覺得有種被人盯著的感覺，對方過來拍照的時候，這種感覺越來越強烈，剛才那女人離開時的目光也讓鄭歎確信了這一點。

但是，鄭歎敢肯定他不認識這位，如果見過的話，一定會有印象，這位雖然相貌不出彩，但整體卻會給人留下印象，那種氣質很難模仿。

不過對方並沒有惡意，更像是在打量。

等對方越走越遠，身影消失之後，鄭歎也不再去想那些。只要沒有惡意就行了，至於對方到底打著什麼主意，真涉及到他的話，總會再見面的。

拍完照之後一行人就回去了，整理好東西，明天好好睡個覺，後天開車出發回楚華市。

而就在鄭歎他們商量著回去的事情時，孔翰的住處，除了孔翰和楊逸之外，還有一個人，正是在海邊幫鄭歎他們拍照的女人。

「怎麼樣，黎微，那隻貓不錯吧？」

「還行。」黎微看著手上的一連串照片說道。

黎微手裡的那些照片，除了鄭歎的之外，還有其他的動物，有貓、有狗，還有某隻齜著牙的傻蛋猴子。

孔翰聽到這話就笑了，「難得從妳嘴裡聽到個『還行』，看來妳挺滿意的，要不就牠了吧？」

黎微猶豫了一下，「我再看看吧，接觸其他幾隻再說。」

「行，反正我跟孔翰都覺得那隻貓挺適合的，其他幾隻絕對比不上。」楊逸得意的說道。

正趴沙發上看《動物世界》的鄭歎並不知道，他又被人盯上了。

◆◇◆◇◆◇◆◇◆

在鄭歎他們返回楚華市的前一天，楊逸打電話過來，說還有幾個鏡頭要補拍一下，讓查理再推遲兩天離開。

既然楊逸都直接打了電話，查理幾人也不好推辭，楊逸確實提供了很多便宜給他們，這幾天的吃喝消費都是楊逸報銷，他們根本不用擔心。

不就是推遲兩天嘛，也並不是什麼難事，打通電話給家裡、給老闆就ＯＫ了。

焦家人那邊有些失望，本來按照原計畫，週五查理幾人出發，週六就能到達，就算中途有什麼事情，週日也能回楚華市，那樣一來，焦家人週末休息，還能團聚一下。可現在一改計畫，最不爽的就是鄭歎和焦家的人。

鄭歎覺得焦媽在打電話的時候有什麼事情沒說，只是讓鄭歎這邊一忙完就回去，但現在還得再推遲兩天。既然楊逸和孔翰都發話了，焦家人也不好說什麼，畢竟忙了這麼久，就剩最後的階段，即便是一些小細節也得注意，一個更完美的收尾也讓人無憾。

直覺這玩意兒鄭歎還是比較相信的，焦家那邊到底怎麼了？

這次來孔翰這邊的只有查理和鄭歎，其他人並沒有跟過來，因為楊逸說查理一個人就夠了。說是補拍幾個簡單的鏡頭，但到了孔翰這裡，鄭歎總覺得自己被坑了。一個是沒見到劇組的其他人，那位姜老師也不在，而且所謂的補拍只是按照孔翰的要求走幾步而已，就這樣還需要重拍？還有，這跟電影裡面的情節有幾根毛的關係？！

查理也有疑問，但既然楊逸和孔翰都決定了，他也不好多說。

中午，查理在安排的客房睡覺的時候，鄭歎見到了屋裡的另外一人。上午這人一直沒出現，但鄭歎感覺得到她的存在，屋裡有氣味能證明，而且鄭歎還有一種被窺視感。現在，鄭歎終於確定了。

「怎麼樣？黎微，這效果還行吧？」孔翰指著螢幕上放著的上午拍的幾段，對黎微說道。

黎微沒有再盯著螢幕，而是看著鄭歎。鄭歎也打量著這個身材高挑、氣場十足的女人，在海邊的時候並沒有太仔細去觀察，現在看來，這女人果然不簡單。

——她叫黎微？總覺得在哪裡聽過。

記憶太久遠，估計是還沒變成貓的那時候聽說過的，記不起來到底是誰，對不上人，但肯定不是像她自己說的「小模特兒」。而且她和楊逸、孔翰也熟悉，就更不可能是什麼小人物了。

「再多訓練一下會更好。」黎微說道。

「那當然，畢竟沒有經過專業指導。」楊逸笑了笑，「雖然並不是什麼名貴貓種，但撐得起場子來，就像妳們模特兒，未必需要很驚豔的臉面，但氣質是必須的。而且牠還有舞臺經驗，不會上去就怯場。相比起妳收集的另外幾個候選要強多了。」

鄭歎覺得莫名其妙，這兩人到底在說啥？有什麼決定問過他這個當事人的意思了嗎？

那邊楊逸見黎微對鄭歎還挺滿意，便對鄭歎道：「黑碳吶，想不想參加走秀？」

沒指望鄭歎能聽懂多少，楊逸只是隨口一說，他覺得這隻貓能否參加，決定權在焦家那邊。

走秀？人就算了，他現在只是一隻貓而已，走什麼秀？玩美女與野獸風格嗎？

在鄭歎的疑惑中，下午的工作繼續，不過黎微有事先離開了，孔翰也沒再讓鄭歎繼續來回走了，而是認真的拍了一些照片。

雖說是個導演，但孔翰對攝影方面也有涉及，就像楊逸愛好攝影一樣。

週日那天，楊逸請查理他們一起吃了頓飯，然後在週一的時候大家各奔各處。

離開了那個臨海城市，鄭歎心裡依舊帶著疑惑。

第七章
你真的不是妖怪？

回到楚華市的時候已經是週二下午。

這個時間點焦家是沒人的。焦爸在生科院裡忙，聽說學校最近要評選什麼，焦爸是候選人之一，忙得緊；小柚子在學校，現在國二了，比國一的時候學業要忙一些；焦遠還是老樣子，一週回來一次；焦媽倒是天天回來，學校有從楚華大學到楚華附中的來回專車。

原本查理想帶著鄭歎先去寵物中心，等焦家人有空了再過去接，但鄭歎等不及，在外面還不覺得，回楚華市之後就有種想趕緊回去的感覺，特別強烈。所以，在車開到楚華大學周圍時，鄭歎就迫不及待想往外跑，車在十字路口一停，他就拍窗戶。

查理沒辦法，他知道這裡已經是鄭歎的熟悉範圍，所以發簡訊給焦爸，焦爸很快就回覆了。他現在正在開會，但因為知道鄭歎今天回來，所以一直注意著手機，看到查理的簡訊之後，焦爸發簡訊跟他說讓鄭歎先回家，鑰匙就放在大胖家老地方。

鄭歎有次回家在大胖家陽臺拿藏著的鑰匙時被焦爸看到過，後來焦爸也幫鄭歎放過幾次鑰匙在那裡。大胖經常趴在陽臺上曬太陽，本身的性格也並不像看起來那麼憨厚可愛，陌生人別想接近，所以鑰匙放在那裡安全得很。

查理將焦爸的簡訊讀了讀，然後打開車窗，還沒來得及說話，一道黑影就衝了出去。

他們的車停靠在路邊，出去就是人行道，沒車，還算安全，而且這裡也算是鄭歎常閒晃的範圍，查理不擔心這個，他其實想說的是，車裡還有鄭歎的幾個大包，日常用品以及特產什麼的都在裡面。

見鄭歎很快就跑得沒影，查理只能作罷，將東西先一起帶回寵物中心，到時候讓焦家的人過去拿，或者他找個時間送過來。

鄭歎往社區的方向跑去，沒有走大路，而是翻圍牆，從校外翻進校內，幾乎是走直線。他對這一片區域太熟了，即便是離開了三個月，一踏上這片地方，大腦裡就能完全浮現出這塊地方的路線圖。

天空並不像拍戲的那座城市那麼澄清，空氣也不算好，但鄭歎不計較這些了，還覺得渾身舒暢，還有心情將一隻正在草地上啄食的戴勝鳥嚇一嚇。

在校園裡，相比起灰喜鵲和麻雀，戴勝鳥的數量要少很多，但也並不是太難見到，冬日在外面枯黃的草地上曬太陽的時候，偶爾也能夠看到一隻戴勝鳥在草地上走動著啄食。

麻雀還是那麼吵。那麼小，那麼多。

一隻灰喜鵲高高的站在一棵杉樹上，見有學生經過，牠就猛地飛過去抖動翅膀叫一聲嚇嚇經過的人，幾個女學生都被嚇得尖叫了。

校園裡的鳥還是那麼精，那麼賤。

一切都還是老樣子，卻又有不同。

離開時候，還是秋初，夏季的餘熱未散，周圍一片綠色。而現在回來已經是冬季，梧桐樹黃了，葉子稀疏了，只要一場降溫的大風雨水下來，晚上就會落一地的樹葉，很讓人心驚的景色，第二天大清早會有很多學生拿著手機、相機去拍照。

幼稚園裡，正好是室外課，一個個跟球似的小傢伙們在外面跑動，不知道是穿得多了，還是本來就胖乎乎的。

卓小貓跟兩個小孩說著什麼，看那兩個小孩瞪圓眼睛張著嘴巴一副難以置信的樣子鄭歎就知道，卓小貓又在唬人了。

大概是察覺到鄭歎的視線，卓小貓看過去，然後咧著嘴跑到圍欄邊上，將手伸出圍欄，跟跑過來的鄭歎對了對掌。

沒在這裡久留，鄭歎很快就奔社區去了。

阿黃和警長在社區的草坪上追著一隻小京巴打鬧，鄭歎沒見過那隻幼犬，大概是他離開的這段時間誰家新養的。那兩隻追狗追得太投入，並沒有注意到鄭歎。

來到B棟，一樓陽臺那裡，大胖臥在老太太替牠準備的毛墊子上瞇著眼睛揣著爪子打盹，整個縮成一坨。

察覺到鄭歎過來，大胖動了動耳朵，睜開眼睛「喵」了一下，然後繼續瞇著眼睛醞釀睡意。

鄭歎從一個半開的盒子裡勾出貓牌和鑰匙，開門回家。

家裡沒人。

鄭歎一個個房間跑進去看了看，然後跳上客廳的沙發從這頭滾到那頭。

有句話怎麼說來著？

金窩銀窩不如自家的貓窩。

拍戲期間，楊逸安排的房子很好，待遇也很好，啥都不用費心，但卻沒有現在這種即便勞累卻很安心的感覺。

滾完之後，鄭歎趴在沙發上，視線掃了客廳一圈，最後落在墊著櫃腳的一本雜誌上。

那是一本時尚雜誌，焦媽對這類雜誌並不是太感興趣，畢竟像她們這樣的老師不可能穿得太時尚，為人師表，總得穩重一些。現在小柚子已經升國二，在國中已經習慣了，所以焦媽終於調到了楚華附中那邊教高中生，教師著裝在附中裡是有要求的，再加上現在這個年紀，所以焦媽也就對這些時裝不在意了。

雖然焦媽不怎麼買這樣的雜誌，但焦媽的幾個朋友喜歡，有時候過來這邊串門會帶上雜誌，看完之後也直接留在這裡了，這一本估計也是。

讓鄭歎感興趣的是這本雜誌封面上的人物，正是黎微。

鄭歎將雜誌拔出來看了看，裡面有黎微的介紹，沒想到這位還是世界超模！

難怪覺得耳熟，當年鄭歎跟一些朋友們聊模特兒的時候有人提起過，只是單看黎微的臉，並不覺得這人長得多好看，便沒在意了。不過，鄭歎記得，那時候這位模特兒在圈內的地位已經很高了，比現在雜誌上列出來的排名還要高一些。

——這是小模特兒？

——騙鬼呢！

鄭歎翻了翻之後，又將雜誌重新塞回櫃子底下墊著，不管她是不是世界級超模，暫時跟自己沒關係。

下午焦爸提前回家，又向焦媽和小柚子各發了簡訊告知，然後開車載著鄭歎去寵物中心拿行李，總不至於讓人家再送過來。

◆◇◆◇◆◇◆◇◆

剛進小郭那邊的門，鄭歎就聽到小郭的吼叫。

「芝麻，你他媽給老子開門！再不開門晚上就沒得吃！不僅是今天晚上，明天、後天、大後天，都沒有！聽到了嗎？你給老子開門！」

鄭歎、焦爸：「……」

如果沒記錯，芝麻就是李元霸今年夏天生的那隻斑點貓。

——小郭被一隻貓關在門外？

鄭歎走進去，徑直來到小郭的休息室那裡。

小郭正站在休息室門口捶門，還擰兩下鎖把，很顯然，他是真的被關在門外了。

小郭的休息室裝的是水平把手鎖，對貓來說，這種鎖還是比較好操作的，比球形鎖好扭。門鎖住了，但鑰匙呢？

鄭歎看著小郭在那裡吼，而周圍幾個工作人員則低聲笑談，對這樣的情形見怪不怪。

「老闆又被芝麻關在門外了。」

「從芝麻這傢伙三個月大第一次將老闆關在門外之後，每個月總有那麼幾次。習慣了。」

芝麻是六月中旬出生，現在都十二月中了，算起來，芝麻已經半歲，鄭歎不得不感慨這時間過得真快。

在鄭歎想著芝麻那小子現在到底怎麼樣的時候，又聽工作室的人說道：「我們老闆就喜歡這個調調，明明有鑰匙，裡面鎖住也能開，他偏偏不用鑰匙開門。」

「那是跟芝麻在玩呢！店裡有那麼多貓，我們老闆最喜歡的就是芝麻。別看現在吼著不給飯吃，只要到飯點了芝麻一叫，老闆就顛顛兒跑去煮貓食。還三天不給飯，嘁——」

「不過芝麻也是在逗老闆呢，那小傢伙精得很，老闆要是真生氣的話，牠也不會這麼玩。」

工作室的員工們早就已經將小郭解析透了，對他的反應和接下來的動作都能預料到。

鄭歎很想說一句：郭老闆，你那時候為芝麻取這名字的時候，預料到今天的情形了嗎？

小郭正對著門喊，聽到這邊的交談聲看過來，見到鄭歎和焦爸，臉一紅，覺得自己太丟面子了，咳了聲，然後過來打招呼。

「黑碳來啦！焦教授，你們家的包我放休息室呢，你們急著拿嗎？」小郭看向焦爸。

「不急。」焦爸對現在這情形也覺得有趣，他還沒看過芝麻長什麼樣子，現在生科院忙了之後他就很少來寵物中心了，經常都是查理過去接貓。

沒等五分鐘，大概是裡面的芝麻見門口沒動靜了，試著叫了兩聲，門外沒人理，便打開門。

半歲大的芝麻已經和鄭歎差不多大了，按照花生糖和大米、小米的體型來看，這傢伙還會再長，甚至可能比花生糖長得還大。

長毛，帶斑點，看上去很奇特。

焦爸饒有興趣的仔細看了看芝麻。

對於焦爸這個陌生人，芝麻表現得警惕些，但因為這是在牠自己的地盤上，小郭也在旁邊，牠沒有表現得具攻擊性。

工作室的人都知道，這傢伙平時看起來跟人和動物玩得很好，但戰鬥力絕對不弱，這傢伙曾經被花生糖帶著出去打過架，跟一隻成年的貓打，芝麻還勝了，也沒受什麼傷。不過小郭慶幸那是晚上，沒誰看到芝麻，不然又得惹麻煩。自那之後，小郭就盯梢得嚴了，芝麻想玩「芝麻開門」的遊戲，小郭也陪著牠玩。

不過，和花生糖總愛出去挑場子的性格不同，芝麻似乎並不喜歡外出，有時候後門開著也不出去，工作室這裡一般都是熟人，芝麻只在這一片地方鬧騰。有時候小郭想，是不是芝麻知道自己的毛色容易惹麻煩，所以才不出去？

而總待在室內跟工作室的人混一起的芝麻，顯得比花生糖要精一些，學東西很快，尤其是開鎖門，一玩能玩半天。

雖然對焦爸表現得警惕，但芝麻對鄭歎還是有些記憶的，而且這裡還有一些屬於鄭歎的東西，氣味能告訴牠這並不陌生。

離開一陣子，再回來時鄭歎就發現某些事物變化好大。

夏天那時候還只是小小一團的貓崽子，現在都長這麼大了。

◆◇◆◇◆◇◆◇◆

從寵物中心回社區時，焦媽已經做好了飯，小柚子見到鄭歎很高興，而在小柚子做作業的時候，鄭歎窩在沙發上陪焦媽看電視順便聽焦媽嘮叨，焦媽總愛這樣。

原來，前段時間小柚子的媽媽因為國內的業務又來過一次，不知道是不是回心轉意了，想著帶小柚子回大洋那頭的家裡過聖誕節，被小柚子拒絕了。

柚子她媽買了愛瘋給柚子，但柚子一直沒用，放著。後來在一個週末焦媽帶著焦遠和小柚子出去購物時，替兩個孩子一人買了個手機，現在很多學生都有手機，再加上現在小柚子一個人在學校，焦媽照顧不過來，就算託了其他老師照顧，但她還是擔心，所以有個手機帶著，有事聯繫也方便。

但柚子她媽買的愛瘋太惹眼，不能小看中學生的小心眼，焦媽當老師的這些年，很多事都見過，她並不贊成學生帶這種昂貴的手機。

買手機的時候，焦媽自然問過小柚子的意見，小柚子選了一款平價的，這和班上一些人的手機價位差不多，焦遠選擇的價位也差不多。他們若真要買更高價一些的話，靠手裡存的零用錢也能買，但他們都沒選。

有了手機，小柚子打了通電話給她媽，告知一下，當時她媽說得很好聽，經常聯繫什麼的，但到現在也沒再打電話。小柚子也沒主動打，不過心情多少都有些影響。

焦媽當時打電話給查理的時候就想著鄭歎早點回來，每天還能多陪陪小柚子，聽說孩子和動物一起相處的話不會顯得陰鬱。現在小柚子正是青春期，這個時期的孩子容易想多，所以焦媽擔心著呢，這就是為什麼鄭歎聽著焦媽的聲音覺得有些不對勁的原因。

既然現在知道原因，鄭歎自然會多陪陪小柚子，他還去那所國中探過情況，小柚子跟在家的時候一樣，也是會笑的，周圍有熟悉的朋友，還有小九罩著，不會有麻煩。

但有時候小柚子也會發呆，尤其是聽到「聖誕節」這個詞的時候。

學生們對西洋節日總是帶著一種新奇感，覺得有趣，聖誕節在國外也是個大節，提到的頻率自然也高，這就讓小柚子發呆的次數更多了。在家的時候寫完作業，小柚子也會發呆，發呆時手裡無意識的轉動著手機。

某天，鄭歎將手機電池充好電，終於打開了好久沒開機過的手機。開機之後依舊是數封簡訊、各種提示，鄭歎粗略掃了一遍，然後編輯了一封簡訊，發到熟記的號碼。

下課時小柚子看了看有簡訊提示的手機，發現是個陌生號碼，本來打算直接刪除，想了想，還是點開了。

第一條——

「別發呆了，不然期末考考不好壓歲錢減半。」

第二條——

「我們不信教，也不稀罕聖誕節那種西洋節日。」

小柚子很疑惑，這兩封簡訊能看出發簡訊的人很瞭解她，連她發呆的原因都可能知道，她連謝欣她們幾個好朋友都沒說，這個人是怎麼知道的？！

於是，小柚子編輯了一封簡訊回覆：「你是誰？」

很快，那邊一封簡訊發過來了：「我叫鄭歎。」

小柚子還想多問問，可這時上課鈴聲響了，只能先將手機放進書包裡。她等下課之後再發簡訊，那邊卻沒再回覆了。

這種疑問一直持續到回家，她還問了謝欣幾個一起回家的同學認不認識這個號碼，結果沒人知道。

「黑碳，你說這人是誰呢？」小柚子寫完一張試卷，趴在書桌上，手機放在桌面，隨著手指的動作而轉動。

蹲旁邊的鄭歎抖了抖鬍子：我知道，但我就是不說。

自那之後，鄭歎也發過幾次簡訊給小柚子，但想著快期末考了，還是別讓她分心。

接下來的時間，小柚子有時候也發呆，卻未必是因為她媽媽的事情，心情也好了很多，跟鄭歎說話的時候，鄭歎能明顯感覺到這孩子在她媽媽的事情上應該是想通了。

這天，鄭歎吃完晚飯出去閒晃，想著要不要再發封簡訊給小柚子玩玩，不經易的仰頭看去，看到夜空，腳步一頓，然後迅速往藏手機的地方跑過去，從一座不顯眼的林子裡的一棵樹的小樹洞裡掏出手機。

突然想起來沒穿背心，但也不好現在再回去，鄭歎便直接抱著手機用兩腳跑步了，還好現在是晚上。

一路遮遮掩掩，再從社區一直鎖著的側門那裡鑽進來，躲在樹叢裡發簡訊給小柚子。

正在寫模擬題的小柚子聽到手機簡訊震動，掃了一眼號碼，擱下筆拿起來點開看了看。

見到簡訊的內容後，小柚子疑惑的皺皺眉，猶豫了一下，然後拿過圍巾圍著，跟焦媽說了聲便下樓。

剛到樓下，還沒等她發簡訊問，又一封簡訊過來。

「朝右走，第一個岔口轉彎，直走到草坪。」

小柚子按照簡訊上的做了。這裡是在社區，安全是有保障的，如果說要出去的話，她也不會照做，大晚上的她一個人不可能亂跑。

來到社區的草坪，草坪周圍有路燈亮著，只能照亮草坪旁邊的路，就這點光也能讓小柚子大致看到周圍的情景了。

她並沒有看到人。

這時，又一封簡訊過來。

「左轉三十度，抬頭看天空。」

小柚子往左側偏了偏，然後抬頭。

雖然楚華市的空氣品質並不好，有時候夜晚也看不到星星，像隔著一層霧，但此刻，那兩顆亮點和彎彎的月亮在深色的夜空背景中相當顯眼，讓人無法忽略。

那是一個「笑臉」。

天象奇觀，雙星伴月。

金星、木星、月亮這三顆夜空中最亮的星體組成的笑臉。

小柚子愣愣看著天空中大大的笑臉，待了半分鐘後，臉上也不禁露出笑意。

她長呼一口氣，似乎要將心裡的各種抑鬱呼出，然後又露出一個大大的笑，低頭看著手機，按下了撥打鍵。

歡快的來電音在樹叢裡響起，聲音還挺大的。

鄭歎：「……」

——我艸！

——鈴聲怎麼沒關？！不是調靜音了嗎？

不等小柚子那邊反應，鄭歎按下拒接就抱著手機跑路。

等鄭歎回神的時候已經跑到老瓦房區了，喘了喘氣，想著今天就把手機藏這裡算了，趕緊回去看看小柚子的反應。

將手機藏到以前藏過的地方，鄭歎轉身往社區跑，跑了兩步，鄭歎突然停下來看了看周圍，依舊是一片黑暗，連路燈都沒有，也安靜得很。搖搖頭，鄭歎繼續往社區跑。

等鄭歎離開之後，一棟瓦房旁邊近兩公尺高的灌木叢後，手機螢幕的光亮了起來，然後很快又暗了下去，手機被人按了待機。

「嚓！」

打火機的火光亮起，然後是菸蒂點燃的紅光閃爍。

等打火機的火焰熄滅，寂靜的老瓦房區，黑暗中，菸蒂的火光隨著冬夜的寒風明暗閃爍。

回到社區之後，鄭歎在下面草坪那裡沒見到小柚子，上樓回家發現小柚子正在跟人通電話。原來雙星伴月這事也有很多人知道，報紙上前幾天有提過，只是很多人都沒在意，但也有人一直關注著，尤其是焦遠他們那幾個傢伙。

剛才就是焦遠打的電話，告訴小柚子下去社區院子裡看，角度問題，在家裡的陽臺上是看不到的。聽到小柚子說已經看過，焦遠也就不多說了，他們那邊幾個小夥伴正在拍照，還推算著這三顆星體相互之間的大致距離以及今晚接下來的運動軌跡，看是不是跟報紙上說的一樣。

之後小柚子陸續也收到了其他人發的簡訊，她並沒有跟人提剛才在樓下的事情，這讓鄭歎鬆了一口氣。當時手機鈴聲響起來的時候，鄭歎的反應還是很快的，再加上樹叢那裡很暗，所以他肯定小柚子沒看到他的身影，只是擔心小柚子會想多。

現在見到小柚子一切都還跟平時一樣，鄭歎也放心了。

靜下心後，鄭歎又想到了剛才在老瓦房區那種似乎周圍有人盯著他的感覺。只是剛才趕時間，再加上他沒有看到、也沒有聞到什麼陌生的氣味，才沒在那裡久待。

鄭歎不覺得自己多心，就算多心，他也想過去再次確認一下，只是……看了看牆上的掛鐘，時間已經很晚，焦爸也回來了，這時候出去的話，焦家人多半不會贊成。

算了，明天再過去看看。如果真的有人在那裡，過了這麼久，也應該離開了，現在去未必逮得到人。

雖然不能出去，鄭歎還是從頭將今天晚上的事情回想了一遍。晚上的行動只是他臨時起意，原本他只是想出去溜個彎散散步消消食而已，看到天空中的雙星伴月之後才去拿手機，連背心都沒來得及穿。

想著想著，在回想到手機鈴聲的時候，鄭歎鬍子抖了抖，往更久遠的時間回憶，他記得，他自打使用這個手機之後，來電鈴聲基本上都是靜音，少數情況下調到震動，卻從來沒開過鈴聲，更何況今天響起的鈴聲他很陌生。

手機被動過。

這是鄭歎第一個猜想到的。

他之前將手機放在一座樹林裡的小樹洞，那裡只能塞進去手機和外面包著的袋子，鄭歎自己根本鑽不進洞裡去，洞太小，所以他只是在那裡藏手機。

剛開始藏的時候是什麼樣子？

離開楚華市這麼久，鄭歎已經不記得了，裝手機的袋子看上去還是老樣子，連袋子上的繩結都是鄭歎常打的那種。

當然，這一切都只是看上去而已。

鄭歎去那邊拿手機的時候並沒有聞到什麼其他人的氣味，但這也無法證明沒有人來過。鄭歎離開一個季度的時間，這段時間裡颳風下雨之類的天氣沒少見，這樣一來，就算有氣味，也消散得差不多了，更別提對方有意降低存在感做了防範措施。如果對方在鄭歎離開楚華市不久就發現那裡的話，氣味確實很難存在了。

只是，到底是誰？

鄭歎心中幾個懷疑對象一閃而過，他最懷疑的人便是六八。

當然，只是懷疑而已，一切等明天過去老瓦房那邊再說。

◆◇◆◇◆◇◆◇◆

第二天一大早，在焦媽和小柚子離開之後，鄭歎跟著焦爸出門。去教職員餐廳吃了早餐，然後焦爸去生科院，鄭歎直接走向老瓦房區。

這個時候，老瓦房區有學生在這裡背單字。這邊安靜，沒有人打擾，也吵不到人，有時候還有社團的清晨活動。

鄭歎沿著昨天過來藏手機的時候所走的路線走，同時也在這條路線附近仔細尋找、嗅嗅，看能發現什麼。

結果什麼都沒發現。

跑到藏手機的那間瓦房裡看了看，瓦房裡沒有氣味證明其他人來過。有老鼠的氣味，老舊的滿是灰塵的桌面上還有一顆最近拉的老鼠屎，估計因為鄭歎好久沒來這裡，有一些小老鼠們闖進來了。這些鄭歎都不在意。

走出瓦房，鄭歎跳到一個石凳上，往周圍看了一眼，很多地方都能藏人，確定不了。

就在鄭歎思索著的時候，吹來一陣風，風裡有學生吃的早餐的氣味。

鄭歎看過去，不遠處有一個學生拿著在學校餐廳買的肉餅，另一隻手拿著考試資料，坐在那邊的花壇邊沿一邊吃、一邊看。

看了看風向，鄭歎回想一下昨天的風向，他昨晚來這裡的時候還看到有樹葉被吹跑的情形，從落葉的走向和這裡的建築推測了風向。

聽說高明的捕食者們會在下風處接近獵物，這樣獵物就很難聞到捕食者的氣味。這情況是否適用於跟蹤者？

——昨晚的下風處是……

鄭歎看向一邊，然後走過去，一邊走一邊觀察以人的體型容易藏身的地方，然後走過去仔細辨認一下氣味——貓的鼻子還是很好使的。

在一處近兩公尺高的灌木叢後面，有菸的氣味，鄭歎熟悉這個氣味，除此之外，還有人的氣味，雖然這氣味很淡，但鄭歎記得不錯的話，這應該是……

鄭歎猛地轉身看向身後。

在離鄭歎五十多公尺遠的地方，六八拿著個用印著學校餐廳字樣的塑膠袋裝著的捲餅，一邊啃、一邊往這裡走，視線盯著鄭歎。

鄭歎知道自己不聰明，比智商，周圍認識的人中十個有八個能把他比下去，更別提二毛、六八這樣的人了。

其實，從地震之前決定找六八幫忙的時候，鄭歎就想到可能會因此而被發現，六八那樣的人太精了，自己暴露的可能性很大；但同時，六八也是當下最合適去散布消息的人，鄭歎當時既然做了選擇，不後悔，也不可能後悔了。

地震之後的短暫聯繫，讓鄭歎有所察覺，但後來一直沒什麼動靜，鄭歎就抱著一種還好沒被發現的僥倖心理。

現在看來，僥倖心理要不得。

昨天在這裡藏著的就是六八，這件事鄭歎現在敢肯定，如果對方真的下定決心要找，還是有手段能夠發現的。六八的特殊職業讓他擁有更多這方面的經驗和工具、管道。

就是不知道六八到底知道了多少。

在鄭歎琢磨著待會兒怎麼應付的時候，六八啃完捲餅將塑膠袋往垃圾桶裡一扔，繼續往這邊走，速度並不快，依舊維持著之前的步調。但鄭歎感覺得到，六八現在心裡也不平靜。

任誰知道這樣的事情估計也不會平靜下來，心裡不知道被羊駝駝踩踏過多少輪了。

隨著六八走近，鄭歎發現，六八的眼裡還帶著血絲，整個人看上去像是一夜沒睡似的。

昨晚這傢伙在這裡藏著，難道太震驚了，以至於一夜沒睡？鄭歎心想。

鄭歎的猜測與真實情況很接近。六八還真在這裡吹著寒風苦思了一夜，等回過神來的時候，天空已經泛白，他卻仍舊沒啥睡意，去學生餐廳的洗手間洗了把臉，買了份早餐，繼續來這裡蹲點，果然——碰上了！

六八從沒想過這個神祕電話號碼的擁有者會是一隻貓，他曾經懷疑過不少人，包括焦教授，但一個個證據表明，這事還真就是這隻貓自己幹的。其他人對此一無所知。

六八在鄭歎眼前兩公尺遠處停住，一人一貓就這樣對峙著，都在想著對方現在會怎麼辦。

鄭歎想著，這傢伙如果知道得太多，自己是踹了人就跑呢，還是心平氣和跟六八談談？打馬虎眼、裝傻對六八肯定沒用，既然能查到這裡，連手機都動過，怎麼可能沒證據？

不能言？沒事，有摩斯密碼，之前也不是沒用過。

但如果六八想以此威脅，或者想要將這件事公諸於眾讓鄭歎的處境變得艱難的話，鄭歎就立刻去找幫手——焦爸、二毛、衛稜、方三，好像都比較可靠。

果然，認識的人多，後路還是有的。

六八見眼前的黑貓一直盯著自己，沒別的動作，猶豫著怎麼開口，畢竟這貓眼裡的神色可不太好。

「神仙？妖怪？」六八問道。

——妖怪你大爺！

一看鄭歎的眼神變得又危險了一些，六八趕緊抬起雙手，表示自己沒惡意，「別激動，我們好好談談。不過，我們是不是先換個地方再說？」

六八在這裡跟鄭歎說話，在附近其他人眼裡就是自言自語，他們不會認為鄭歎有問題，而是會覺得六八這人有些神經質。

鄭歎能感覺到六八沒惡意，但凡事多防著點、做好準備還是必要的。鄭歎不會跟著六八走，要找地方談話，還是自己找地點來得安全些。

這一片鄭歎早就熟記於心，知道這時候哪裡安靜、哪裡沒人。

鄭歎抬腳走開之後，六八也跟上，一人一貓之間一直保持著兩、三公尺的距離，這似乎是他們的警戒距離，雙方都防備著。

將六八帶到離老瓦房區不遠的一處小道，這裡有幾張木椅子。鄭歎跳上其中一張，然後看著六八。

六八在小道對面的另一張椅子上坐下，看了看周圍，這裡確實沒其他人，說話也不用擔心被人偷聽。

確定周圍沒有其他人之後，六八掏了掏口袋，將口袋都翻過來，對鄭歎道：「我發誓，沒帶武器，也沒帶間諜設備，我們之間的談話，只有我們兩……個知道。」

本來六八打算說「兩人」的，突然意識到自己面對的是一隻貓，及時換了說法，有些不自在。不過，六八這人經歷的事多，接受能力也強，很快就調整好心態。

「重新認識一下吧，鄙人高興，姓高名興，高興的高，高興的興。」

鄭歎：「……」這麼說，以前這傢伙偽裝身分的時候用的姓氏還是真的？

六八一邊說，一邊撿起木椅旁邊掉落的一根細樹枝，用樹枝在旁邊沒有長草的禿土地上，畫出他的名字。

「高」字書寫還正常，但寫「興」字的時候卻沒有按照本來的筆劃順序寫，而是先寫了個正著的「六」，然後又在「六」上加了個倒著的「八」。（注：中國大陸簡體字「興」是寫成「兴」。）

好吧，現在鄭歎終於知道六八名字的來歷了。

六八在寫完之後看了看鄭歎，「你真的不會說話？」

在六八看來，傳說中的妖怪都是能說話的，雖然他以前沒碰到過這種事情，但碰到過其他一些科學難以解釋的現象，既然接受了這個現實，思維就往貓妖方向奔馳了。然而，這隻貓確實沒說過話，平時沒有，電話裡也沒有，不然不可能使用更複雜的摩斯密碼來交流傳達資訊。

果然，在六八問完之後，接收到了鄭歎「你在說廢話」的眼神。

不能說話是鄭歎的痛處之一，六八現在很明顯的戳了鄭歎一刀。從變成貓以來都五年多了，五年多不能說人話，連貓叫都叫不好的經歷實在讓鄭歎難受。

「不能說話就不能說話吧。」頓了頓，六八又道：「你真的不是妖怪？」

最初發現真相的時候才是六八最震驚的，現在，最震驚的時候已經過去，經過緩衝，不像剛開始的感受那麼強烈了。他昨天糾結了一晚上只是在想怎麼跟這隻貓好好談談。

跟人商量他有把握，跟貓商量就沒經驗了，這段時間六八回想從第一次見到這隻貓一直到現在的情形，想起來，自己還拿水槍噴過這隻貓。

現在想起來，那時候真是……找死啊！

鄭歎決定不理會六八這些廢話。

見鄭歎一副不耐煩的樣子，六八話題轉移到鄭歎感興趣的方面。他說了說什麼時候找到鄭歎的手機，以及將鄭歎的手機來電鈴聲更改，還有一直監控手機的事情。

這種行為嚴格來說是違法的，但既然六八能這麼光明正大的說出來，肯定早就將「痕跡」消除了，沒證據就算想告也告不了這傢伙。

當然，六八他們這些人本就是鑽法律漏洞的一類人，國內不允許私家偵探，就換個合法的皮來。什麼諮詢社、什麼介紹所之類的，這種事情做得多。

職業病的原因，六八一旦認定了就會想辦法死命的查。

在地震那次事情之前，六八並沒有下定決心去深查，畢竟誰也不希望自己的隱私被人發掘，那時候六八不想得罪對方。但地震的事情之後，六八豁出去了，他找不到答案就睡不好覺，一閉眼就會想起地震那段時間的事情，以及那幾通電話和簡訊。經歷過那次災難的人，誰也無法和從前一樣。所以，他下手了。

當然，六八所說的並沒有告訴其他人，這個鄭歎還是相信的。同樣也可以說是職業原因，他們口風緊，如果不是嘴巴嚴能保密，也不會有那麼多上流人士拜託他們去做事。這讓鄭歎心裡稍微好受點。

一開始的不穩定情緒很快就過去了，開了個頭，接下來的也容易得多。六八不像龍奇，他接受能力強，他不管眼前的這隻貓是神是妖，只要不損害自己的利益就行了，結個善緣也是好的。六八對這種事情沒多大忌諱，不像龍奇，現在龍奇看到鄭歎還是抱著能避就避的原則。

六八說了半天，鄭歎依舊是原樣蹲坐在那裡，沒說話，也沒對六八的話有所反應，直到六八說起手機安全方面的事情。

六八說了這麼多，其實也一直觀察著鄭歎，見鄭歎對這個話題似乎有那麼點興趣，就打算詳細說一下。當然，技術方面的問題並不會真的透露。

「手機其實不像人們想像的那麼安全，真要定位手機、監控手機，即便你關機也阻止不了。至於尋常常用的手段無非是病毒，〇四年之前的簡訊病毒階段，一封帶『料』的簡訊就能監控手機；然後是那之後的誘騙型病毒階段，以及未來的漏洞型病毒階段……」

這些都是他們這個行業普遍掌握的技術，還有其他技術性更高的就各憑本事，誰也不會透露自己掌握的技術，看家撈錢的本領概不外傳。

「尤其是現在正在崛起的智慧型手機，很輕易就能得手。其實有很多間諜技術早就開發出來了，只是會遲個幾年才被公眾知道，有些甚至永遠處於保密中。」

信號截取、介面安全、簡訊郵件、破解越獄等都能從這裡面下手，現在智慧型手機時代的來臨也讓六八他們這一類人興奮，因為這讓他們接工作、監聽手機、定位目標等做起來更容易了。

「你那手機不是智慧型手機，但是安全方面也做得不好，我想監聽照樣不難。不過，你貓爹的手機我們就監聽不了，即便能監聽也要冒著很大的風險。」六八說道。

鄭歎看了六八一眼，這傢伙為了查自己，連焦爸也查過？想了想，焦爸現在用的手機好像是生科院發的還是學校發的，當時鄭歎只以為那是年終獎金的附屬獎品，現在聽六八這話，那手機還是保護科學研究者私密資訊的東西？

「而且，我們一般不會輕易對這裡的人下手。」六八抬手指了指周圍，意思是楚華大學這一片地方，「就算接單也會多加考慮，一個是這學校裡有不少高人，還有幾個裝備挺好的實驗室，那裡有能人，被他們逮到也不好。還好之前他們沒注意到你，不然你早就藏不住了。另一個就是這學校裡有不少我不想惹、也惹不起的人物。」

當初六八追蹤到楚華大學這一塊的時候還是猶豫過的，考慮之後才再次下定決心繼續找。

「你知不知道，光你家那棟樓就至少三個人我不想招惹，查都不想往他們身上查。」

鄭歎心裡一驚，至少三個？

見鄭歎看著自己，六八繼續說道：「三樓兩個，一樓一個，這還只是我見過的。至於沒見過的就不知道了。」

三樓兩個？

蘭老頭夫婦嗎？

不對！三樓還有一個，二毛一家雖然在外有房子，但時不時也會過來住幾天，聽說明年等他女兒二元大些了會過來常住。

另一個莫非是二毛？

至於一樓的，應該就是大胖家的老太太了。

「幹我們這一行，很多時候不用多查，只一眼就能從很多看似細小末節的東西裡得到初步資訊，要不然惹到不該惹的人，怎麼死的都不知道。沒那個腦子和眼力，在這行也幹不久。」六八說道。

六八一直覺得自己屬於眼力還不錯的那一類人，但偏偏在這隻貓這裡碰壁了。不過，若換了其他人，說不定還不如六八，一般人誰會將懷疑對象放在一隻看起來很普通的貓身上？

「一樓那位老太太用的手機可不是一般人能夠用的，看一眼我就知道這人好不好招惹了，就算接到相關的案子，我也會多考慮考慮。」六八可不想對抗國家機器。

鄭歎回想了一下老太太的手機，他記得那個手機好像是沒有牌子的，也一直以為大胖家的老太太用的手機只是一般的老人機，沒想人家用的手機比焦爸的還要更高科技。不過，想想老太太他兒子的身分也能理解了，或許她兒子又高升了也說不定。

見鄭歎懷疑的看著自己，六八擺了擺手，「我們不會洩露客戶的資訊，也不會去打擾無關的人，這次的事是特例。除了這次的事情，我還真沒亂查過人，我們也是有職業操守的。」

操守……這玩意兒值錢嗎？鄭歎心道。

但他很快又想：天殺的，這個世界太不安全了，搞不到那種高科技手機，與其被更多的人發現，自己這隻貓還是不用手機算了，一想剛才六八說的校內這方面的能人多就心裡發毛。

在鄭歎垂頭考慮著是不是要將那個手機扔湖裡毀屍滅跡的時候，六八拿著樹枝伸過來戳了戳鄭歎。

「哎，那什麼，你有沒有興趣加入我們這一行？」六八期待的看著鄭歎。

老人、小孩、女人都是容易令人們放下戒心的一類人，而動物，更甚。

見鄭歎無動於衷，六八繼續道：「這個來錢很快的。如果我們兩個合作的話，五五分帳怎麼樣？你放心，也不會接很危險的案子。」

——幹這一行？偵探嗎？這種事情好像早就幹過了。

學校周圍已經溜達得有些乏了，再遠也不方便，而鄭歎不知道是不是因為變成了貓，也遺傳了貓的那些不好奇就會死、一段時間不動就爪子癢的病，總會自己找點樂子。但要說真正跟六八合夥的話，鄭歎還是有所猶豫。

六八說幫鄭歎保守祕密，鄭歎信，但合作這事，鄭歎暫時不想。一個是他跟六八不算太熟，二是他剛回來，直到過年也不想到處跑了，再說這次拍電影的片酬也不少，他暫時不缺錢，在過年期間再到小郭那裡加加班，撈點現金過年好包紅包，其他的事情鄭歎不想管。

六八待會兒還有事，而鄭歎也不想繼續聽六八囉嗦，一人一貓便各自離開。

六八讓鄭歎考慮一下，如果有了決定，可以直接打電話給他。

鄭歎考慮了一晚上，不是在想合作的事情，而是在考慮要不要將手機扔湖裡去。至於暴露這事，只要六八保密就暫時沒事。

其實，就像湖邊別墅區那個老太婆所說的，鄭歎身邊裝糊塗的人不止一個，就算知道鄭歎的與眾不同，也不明說，反而還明裡暗裡提供諸多幫助。如果事情真的往壞的方向發展，就去找幫手吧。

◆◇◆◇◆◇◆◇◆

第二天，鄭歎慢悠悠的晃到老瓦房區，藏手機的那裡。

一翻進屋裡，鄭歎就嗅到了人來過的氣味。

是六八。

在一張靠裡的桌子上，放著一個看起來七、八成新款式並沒啥亮點的翻蓋手機，以及一張新的ＳＩＭ卡。

手機牌子鄭歎沒見過，按鍵比鄭歎之前用的那個大一點兒，按起來挺順手的。

在手機和ＳＩＭ卡旁邊還放著一張紙條——

「如果想合作的話，call me～」

這句話後面還畫著一張大笑的貓臉。

沒開機也沒裝上ＳＩＭ卡，鄭歎將手機和卡放進藏舊手機的抽屜，推攏，隨即轉身離開這棟瓦房。

第八章
委屈的撒哈拉

冬日的下午，陽光正好。

東教職員社區變得枯黃的草坪邊，木質的長椅上並排趴著四隻貓。四隻貓都是同樣的姿勢，揣著爪子瞇著眼面朝外，趴在木質的椅子上曬太陽。

鄭歎剛開始是不會這樣揣著爪子的，因為這一看就是個貓樣，鄭歎心裡有些排斥。但當看到周圍的貓都這樣揣著的時候，不知不覺他也跟著揣了，還別說，這樣揣著爪子挺暖和，也不累，這天氣揣著正好。

習慣是一個很可怕的東西，一旦習慣，事情就變得理所當然了。現在鄭歎經常學著牠們將前爪往裡折著揣好。

社區裡時不時有人走過，看到木長椅上的四隻貓也不驚奇，只是笑一笑。凡是在社區裡住的時間久一些的都知道這四隻貓，對這裡的老人們而言，這已經是熟悉得不能再熟悉的一道風景，或許哪一天這道風景消失，人們還會回憶一下。

雖然四隻貓都用著同一個姿勢，看起來像是都在打盹，但一丁點響動就能看到長椅上面四隻貓的耳朵同時動了動。

另外三隻貓在想什麼鄭歎不知道，他自己只是覺得陽光太刺眼，瞇著眼睛想事情。

鄭歎已經有一週時間沒去開手機了，六八給的那個手機他關在瓦房裡面舊木桌的抽屜裡就沒再動過，而且他決定之後很長一段時間如果沒有特殊事情就不去碰那兩個手機，雖然他很想用手機跟焦家的人發發簡訊，但現在看來，還是先別這麼做了。

老瓦房區一時半會兒也不會拆，要拆的話提早就會貼通知，鄭歎也不擔心那裡被拆掉，他就算不會每天過去看，但只要出來閒晃，過去那邊看一眼知道手機還在就行了，至於其他的，鄭歎先不想管。

合作？

等想合作了再說吧。

原有的舊手機，鄭歎早已刪掉了所有的簡訊和通話記錄，雖然鄭歎知道專業人士也能夠從中得到很多資訊，但那也沒辦法了，好在被專業人士發現的機率很小，如果被發現的話，只能去找六八他們幫著解決。只要六八不說，誰會知道那手機的真正歸屬其實是一隻貓呢？

沒有立刻拒絕六八提議還一直保存著那個手機的原因，是鄭歎防著真的遇到什麼事，還能有條後路，有個解決的法子，能用那個手機找人幫忙。六八這人的能耐，鄭歎還是信的。這一星期下來，六八也沒有再出現，不知道是不是又在忙新的工作。

正想著，鄭歎聽到家屬樓那邊撒哈拉的主人又開始喊了。

睜開眼，很快鄭歎就看到撒哈拉如一匹脫韁的野馬奔了出來，後面的人越喊牠跑得越快。

眼瞅著狗都跑出社區大門了，撒哈拉牠主人阮英喘著氣，也不跑了，看到木椅這邊趴著的四隻貓，慢慢走過來，一邊走一邊抱怨。

「馬的，不就是洗個澡嗎？跟對待敵人似的。」

撒哈拉這傢伙夏天對洗澡不怎麼排斥，有的時候還愛沖水，但冬天的話，那就是另一種態度了，聽到「洗澡」兩個字就撒腳丫子跑。關家裡的時候阮英還能將牠堵角落裡然後往浴室拖，可是今天運氣不好，讓這傢伙跑了。

今天阮英正好下午沒事，回家見撒哈拉好久沒洗澡，打算把這傢伙刷一刷，那時候撒哈拉正啃著碗裡的狗食啃得歡，沒注意阮英拿沐浴露和洗澡工具的動作，不巧的是，那時候阮英他爺爺回來，還有一位跟阮英爺爺阮院士關係不錯的老教授過來，看到阮英戴著的手套、拿著工具就道：「阮英，你這是要幫撒哈拉洗澡嗎？」

幾乎在下一刻，撒哈拉就一陣風似的從還沒關著的門縫裡擠了出去，連沒吃完的狗食都不管了。而樓下也有個老師剛從外面回來，打開了電子鎖，直接讓撒哈拉逃了。

正因為知道撒哈拉天冷的時候討厭洗澡，阮英動作都是悄悄的，生怕提前搞出聲響讓撒哈拉知道了。很多貓狗都會對一些聲響和詞語產生反應，社區裡一隻不管冬天夏天都討厭洗澡的京巴就是這樣，一聽到牠專用的洗澡盆響就立刻夾著尾巴躲到窩裡去，任牠主人怎麼威逼利誘都不過去，每次都是被人從窩裡拖出去放澡盆裡洗的。

撒哈拉一旦跑了，一時半會兒肯定追不回來，所以阮英也不打算直接跑出去追了，那樣會累死，等那蠢狗餓了自然會回來。一般情況下撒哈拉不會跑出學校，都是在校園裡躲，不用擔心。

阮英看了看木椅上的四隻貓，心想撒哈拉還沒人家的貓聽話。他的視線最後落在鄭歎身上，說道：「黑碳吶，你去玩的時候要是看到撒哈拉就替我抽牠兩巴掌，越來越不聽話！馬的，太能折騰人了！」

阮英就這麼一說，他並不指望鄭歎能夠聽懂，很多養寵物的人都會直接跟寵物這麼說話，這只是一種習慣而已，並不認為寵物能聽懂多少，就像社區裡很多老人們看到鄭歎牠們幾隻貓的時候也會像逗小孩那樣逗兩句。

等阮英離開了，鄭歎在木椅上又趴了一會兒，到三、四點鐘太陽不怎麼強烈的時候，再繼續蹲著就有點冷了，阿黃和警長也打算去樹林裡找找有什麼好玩的。

同樣是短毛，但大胖這一身肥膘的胖子就比較耐凍，牠能保持同一個姿勢蹲到太陽落山，任北風吹，堅定不移。這忍功估計是蹲泡麵蹲出來的。

就這樣，大胖繼續在木椅上打盹，阿黃和警長去找樂子，鄭歎出社區去閒晃。

閒晃的時候，鄭歎看到撒哈拉了，那傢伙在停著一排自行車的地方來回嗅著，然後看了看周圍，走到一輛自行車旁邊，抬起一條後腿，對著那輛自行車就開始噓噓。

鄭歎：「……」

那邊撒哈拉尿完之後還刨了兩下腿，似乎很高興得意的樣子，可惜牠的得意沒多久，有兩個男學生走過來，看到之後，其中一個臉上頓時顯現出怒色。

「我艸！那狗又來撒尿了！牠就盯著我了是不是？」

——又？

鄭歎疑惑，雖然撒哈拉有那麼點惡趣味，喜歡惡作劇，但一般出來的時候是不會亂撒尿的，再說牠自己跑出來的時候少，大多數時候都是被人牽著出來的，這還能當著阮英他們的面對著車撒尿？討打啊？難怪阮英說這傢伙越來越不聽話，說這話的時候阮英都有點咬牙切齒的樣子。

那自行車的車主朝這邊跑過來，撒哈拉一見人就趕緊跑，和以往做完壞事便直接撒腿跑的時候不同，這傢伙跑了兩步還回過身對著那兩人吼幾下，見人家再追過來，牠再跑，跑遠點了又對著吼。

這是結仇了嗎？

不然撒哈拉那傢伙不會這樣無緣無故拉仇恨的吧？

鄭歎趴在一棵樹上，看著那邊罵罵咧咧卻追不上撒哈拉的兩人，再看看待在百公尺遠處看著這邊卻不跑的撒哈拉，鄭歎想著是不是過去將撒哈拉帶走，就聽到那邊兩人低聲對話。

「哎，你說，是不是我們上次被牠看到了，所以一直盯著我們？」一人說道。

「怎麼可能！不就是隻狗嗎？牠還能知道這是在幹嘛？再說我們順走的那車也不是牠的，牠多管什麼閒事？」另一人拿出一包紙巾打算擦擦，可是看了看濕濕的車輪，連腳踏板那裡都濺上了，嫌棄的皺皺眉，將紙巾又放進包裡，踹了那車一下，「這車我不要了！到時候直接賣掉，反正也不值錢。」

鄭歎聽著他們兩人的對話，有人走過的時候他們就不吱聲，等人走過了再繼續說，雖然聲音放得很低，但以鄭歎的耳力還是能聽到的。

原來是偷車賊，之前偷車估計被撒哈拉看到了，就說撒哈拉的態度怎麼那麼不好呢！不過，這兩人偷車怎麼跟撒哈拉有關？偷到撒哈拉家裡去了？鄭歎記得撒哈拉他家主人阮英是有四輪轎車的，阮英家的人好像也沒誰騎自行車。

疑惑著，鄭歎看向那邊的撒哈拉，這一瞧過去，鄭歎就發現撒哈拉又盯上人了，還是個看上去挺斯文的女學生，人家正騎著車呢，撒哈拉跑過去連人帶車一起推倒，嚇得那女生尖叫起來。

這邊商量著什麼時候去賣車的兩人聽到動靜，罵了句之後跑過去，而那邊也有經過的熱心學生們開始幫著安慰那個摔倒的女學生，並且有圍攻撒哈拉的意思。

鄭歎看著不對勁，趕緊跑過去。

撒哈拉也機靈，見人一多，轉頭就跑了，這次完全不停腳。

周圍的學生有人嚷嚷著要去找狗的主人問責，不少人附和，還說要將這事情公布到校內論壇上，讓大家以後小心這隻狗，說不定這狗染了狂犬病什麼的。

還有人好像認出了撒哈拉，畢竟撒哈拉在學校已五年多了，跟鄭歎在這裡待的時間差不多，一些經常往這邊走的學生也能認出來，知道是學校老師家養的，但不清楚到底是誰家的。不過，也可能有人能知道，鄭歎離開的時候那些人還在議論。

鄭歎追著撒哈拉過去，一直到接近社區的轉彎處那裡，撒哈拉躲在幾棵樹後面，鄭歎追過來的時候，那傢伙還探頭探腦，見到只有鄭歎過來，膽子立刻又回來了，那尾巴還甩得歡騰，不知道是看到鄭歎高興，還是為自己剛才做的事情得意。

鄭歎看到那張狗臉就想抽幾巴掌。

——躲那裡有屁用啊！

——你這傢伙給自己主人惹禍了還不知道！

不過，回想一下，剛才撒哈拉推的那個女學生，是不是跟之前那兩人同一夥的？他們肯定認識，就是不知道有沒有參與作案。如果那女學生是無辜的，對方還要追責的話，撒哈拉這次估計得倒楣。

撒哈拉這傢伙記仇。

平時的撒哈拉看似很好相處，跟社區裡很多孩子也玩得起來，可一旦惦記上誰，那估計得惦記很長一段時間，這是鄭歎認識撒哈拉這五年多總結出來的經驗。以現在的情況來看，那幾個人不知道什麼地方惹上撒哈拉了。

很多動物對人的印象深刻並不一定只有相貌，還有聲音和氣味，不管哪種，撒哈拉是記上那三個人了。

鄭歎不是撒哈拉，也不懂狗語，只能從這幾年對撒哈拉以及社區裡其他狗的瞭解上，從牠們的行為中粗略解讀牠們要表達的意思，卻並不能知道事情的緣由，想要瞭解的話還是得自己找。

想著最近反正沒什麼事，小郭那邊元旦的任務已經完成，也不忙，所以鄭歎有時間在學校裡溜達。

撒哈拉刨了一會兒土玩之後開始無聊，現在冬天也沒什麼螞蚱之類的昆蟲讓牠解悶，亂刨那些用來綠化的花草是要挨罵的，所以只能刨刨土。現在，牠刨土刨餓了就打算回家，一點兒都沒有惹禍的自覺，牠根本不知道自己可能會給主人和主人相關的一些人帶來麻煩。

肚子餓了就要吃飯，要吃飯就得回家，回家之後就開始叫著催食——這是每一隻城市裡家養寵物的生存要領。

看著撒哈拉往社區那邊走之後，鄭歎沒有馬上跟著回去，而是返回到剛才撒哈拉推人家自行車的地方。現在那裡已經沒有人圍著了，來去走動的人也壓根不知道剛才這裡發生過一起狗推人的事件。

鄭歎找了找，沒看到那兩男一女，看時間差不多就回去了，回去晚了他也得挨罵。

第二天，鄭歎趁家裡沒人的時候打開了電腦，看看楚華大學的校內論壇。事情鬧得大不大，只要看校內論壇就知道了。

電腦網路越來越發達的今天，那些學生們有點啥事就放到論壇裡去討論，買車討論、買耳機討論，連臭腳丫子用啥藥水也能討論個幾百帖。即便現在是期末考期間，論壇裡照樣熱鬧，甚至比平時更甚，賣作弊器的、兼職黃牛黨賣火車票的、組團拉人一起回家的，應有盡有。

鄭歎上網不知道幹什麼的時候就逛逛校內論壇。

翻到相關討論區，鄭歎一打開那裡就看到一篇熱議的帖子，點開之後，撒哈拉那個傻蛋的照片就放在那裡，是撒哈拉昨天推人的時候周圍一個學生抓拍的，拍攝效果並不好，但熟悉的人能夠很容易就辨認出撒哈拉來，畢竟在學校裡，三種血統長成這樣的狗就這麼一隻，其他養哈士奇和拉布拉多等的都比較純種。

發帖子的學生是昨天的路人之一，平時就比較愛在校內論壇裡混，他說昨天和同學準備出去買東西的時候目睹了一隻狗將一位騎自行車的妹子推倒的事情，拍照的就是他同學。言語之中透著對校園這起事件的不滿，擔心這狗有病，會傷及學校其他同學，實在是個危險因素。

下面很多人回帖，裡面有不少認出撒哈拉的人，還扒出了撒哈拉的主人阮英以及阮英他爺爺阮院士的資料。

自然少不了一些冷嘲熱諷的人。

「這事得去學校保衛處反應吧?」

「反應什麼呀?沒看人家的爺爺是院士嗎?」

「阮院士是誰?很了不起嗎?」

「樓上的哥們兒平時沒聽過校廣播?大名鼎鼎的阮院士不知道?這位出現頻率挺高的,這個講座那個講座,成就一大堆,名人啊,就算是我導師站在人家眼前也得裝小孩。」

「有個詞叫狗仗人勢。」

「下次網上評教的時候直接給差評!」

「或許這其中有誤解呢。」

「屁的誤解!聽說那狗平時就比較瘋。」

「哎,阮英現在正在教我們呢,看起來挺好的一個人。不過阮院士就不知道了,只聞其名,不見其人。」

「有啥樣的狗必有啥樣的主人。對阮院士的印象一下子掉到負值了。」

「一堆loser,有種你們當著人家的面說,在這裡唧唧歪歪,有這個時間還不如去找老師套套題,被當了打算明年跟學弟學妹們一起上課嗎?不知道哪個王八蛋取消的補考政策,艸的!」

帖子後面大大的「HOT」字樣顯示著這篇帖子關注的人不少,從第一頁翻到最後一頁,鄭歎意識到這次撒哈拉估計真的闖禍了,裡面很多學生壓根連事情的起因都不知道的就在那裡起鬨,估計是期末考期間的原因，有些壓力大的人直接在這裡找樂子了。

別看只是一隻狗，有時候很多事情，爆發只需要一條不起眼的導火線。可惜狗不能言，撒哈拉就算真的有委屈也說不出來，阮英也只能去向人家賠罪。現在還扯到阮院士了。

上層有上層的博弈，別看阮教授是個院士，這間學校裡也不只這麼一個院士，也有敢跟阮院士對著幹的，這帖子裡就有不少是其他派系的。

做研究拚不過就搞「戰略」，這是一個普遍的讓人很無奈的現象。

關了電腦，鄭歎來到撒哈拉他們那棟樓，在樓下還能聽到撒哈拉從鼻子裡發出的嗚嗚聲，聽起來那是相當的委屈，可惜現在也沒辦法，將牠放出去只會讓事情變得更麻煩。

中午的時候，鄭歎聽到社區的人議論說撒哈拉被阮英關起來了，估計很長一段時間內都不會放出來，阮英正在找人道歉。

鄭歎下午去了昨天撒哈拉往自行車上撒尿的地方，沒有帶尿騷味的車，估計已經被那兩人賣了，他等了半天也沒見到那兩人。

◆◇◆◇◆◇◆◇◆

接下來幾天，鄭歎就在學校裡閒晃，專找那三個人，終於有天被鄭歎看到了，不過並不是在學校裡面，而是在校門口附近。

那天鄭歎中午去焦威他家的小餐館吃完飯往回走，順便看了一眼「武太郎燒餅」店，人潮依舊很多，雖然現在過了用餐時間，不會排很長的隊伍，但門口還是排了七、八個人。

一位揹著書包的女學生騎著自行車來到燒餅店靠著一棵樹停下，估計覺得鎖車太麻煩，買個燒餅而已花不了多少時間，便沒鎖車，直接停那裡之後就往燒餅店走。就在她走到燒餅店那裡排隊、等排到她的時候，鄭歎看到一個人走到剛才那女學生停車的地方，很淡定的將自行車推開，跨上去騎走。

鄭歎在旁邊看得愣了愣，可別人看到這一幕並不會有其他想法，太自然了。

但當之前那女學生拿著燒餅回來沒看到自己的車大聲喊「我的車呢」的時候，鄭歎知道，那女的果然有問題！

騎走自行車的就是撒哈拉那天連人帶車一起推倒的女學生，而在附近，鄭歎還看到了另外一張面孔，正是那天被撒哈拉撒了狗尿的自行車車主。

鄭歎也來不及多想，騎走自行車的女學生鄭歎已經看不到了，來往的行人和車輛將視線擋住，但另外一個人鄭歎還是能跟上的。

那個男的騎著一輛看起來有些破的舊自行車，並不快，鄭歎跟著很輕鬆。

那人騎著自行車並沒有往校內走，而是往離開學校的方向。

鄭歎猶豫了一下，畢竟他現在也不知道這兩人到底要去哪裡。不過很快鄭歎就不多想了，繼續跟著過去。

騎輛自行車不至於會跑多遠，再說了，如果確實太遠的話，鄭歎到時候不繼續追就行了。好的是那人騎的並不遠，大概只跟了兩、三分鐘的時間，便來到一家自行車行，這裡修車同時也賣新車和二手車，店面初步估計有十五坪的樣子，裡面放的都是自行車，修車就在外面搭了個簡易的棚子，有兩個學生在那裡借打氣筒打氣，一個學生推車來修車鏈條。

店鋪裡面有個四十來歲的人坐在一張絨布椅子上玩著手機，看到來人，沒說話，只是微微側了側頭。

一個眼神，一個小動作，彼此都明白。

鄭歎看著那個男的推著自行車往車店旁邊的小巷子走進去，鄭歎也跟了過去。

沒戴貓牌，也沒誰會懷疑一隻貓，看到的人只當是周圍誰家養的。

那天撒哈拉鬧事的時候鄭歎並沒有出來，所以並沒有被他們看見，因此，走在前面的人回頭見到鄭歎也沒當一回事。

車店後面有個小院子，兩公尺高的院牆，那人打開後門，推著自行車進去。

鄭歎走到邊角的地方，跳上院牆，往裡看。

院子裡站著四個人，三男一女，年紀都差不多，正在說笑，其中三個人在撒哈拉鬧事那天鄭歎見過，還有一人比較陌生，看上去也像是個學生，沒染黃毛、沒穿誇張的衣服，乍一看上去壓根沒誰會往壞處想。

院子裡停著兩輛自行車，其中一輛就是剛才那個女學生騎過來的。

鄭歎沒見過的那人穿著一身藍色的工作服，旁邊放著工具，這是打算將車重新翻修一遍，將原有的漆磨掉再噴新漆。

看這幾人的架式，幹這個不是一、兩個月了，很熟練，就之前那女學生騎走別人的自行車那副淡定的樣子便知道這種事沒少幹。看起來挺文靜的一個女孩，那天撒哈拉將她連人帶車推倒的時候還惹了不少同情，可誰知道她會幹這樣的事？

這幾個人，沒誰看起來像是做壞事的，但偏偏事實就是這樣。

這幾人偷車估計哪次惹到撒哈拉了，撒哈拉盯著他們，但是偏偏方法不當，口不能言不能解釋，又沒有人幫牠伸冤。

光知道這些人偷車有屁用？

對方人多，口多，能辯解；相比之下，撒哈拉簡直瞬間就能被秒成渣，被冤枉了也只能關在家裡嗚嗚。

鄭歎其實很想將這間車店裡面的自行車全部拔掉氣門芯氣死他們，但現在還不行，容易打草驚蛇。

蹲院牆上看了一會兒之後，鄭歎悄然離開。

要讓撒哈拉洗脫冤屈，只能拿出證據。

鄭歎一邊往學校跑，一邊想著：這次可不是我惹事，只是幫撒哈拉一把。

同時，鄭歎不得不承認，每次幹這種事情，心裡都有點小激動。

果然是閒不住啊！

◆◇◆◇◆◇◆◇◆

既然決定幫撒哈拉洗脫冤屈，鄭歎立刻開始行動，他得抓緊時間，再過一週，大批學生就開始回家了，那時候就算公開真相，效果也會差很多。

搞不定這事，以後撒哈拉那傢伙估計別想在學校裡撒歡了，還得被人嘲諷。雖說牠聽不懂那些太複雜的人言，但很多動物，尤其是在人類社會中生活了很長時間的動物，對於人們帶著情緒的視線很敏感，不論是好感或是惡意，都會有一定的分辨力，這點鄭歎見過不少例子了，撒哈拉也是這一類。

當動物也並不容易。

而那幾個偷車賊似乎打算在寒假放假之前多撈一筆，因為一些比較貴的自行車在學生離校前都會被搬到學生宿舍裡放著。平日裡很多人嫌搬上搬下麻煩，尤其是住的樓層比較高的，可等到放假的時候就不是這樣了，大家都會將自行車搬到自己的宿舍裡或者住低樓層同學的宿舍裡放著，防止被偷，也防止放在外面風吹雨淋，即便擱車棚裡也沒擱宿舍裡安全。

好車都被搬到宿舍裡鎖著，還有管理員們盯梢，偷車的人不會朝那裡下手，而隨意扔在外面的那些舊車，偷到了也賣不了多少錢，他們自己也不願意幹，所以這段時間會多幹幾筆。

鄭歎不算這方面的職業者，再加上現在是隻貓，能用到的方法比較局限，最有力的證據就是照片和影片，但鄭歎不可能在這裡安個監視器、竊聽器什麼的，他沒裝備也沒那能耐，不過偷偷拍幾張照還是可以的。

說到拍照，身邊的工具能用的好像就只有手機了。

來到老瓦房區，蹲在那個舊木桌前面，鄭歎看著打開的抽屜思索。抽屜裡放著兩個手機，一個是他以前用的，另一個是六八留下的。

本以為很長一段時間都不會用到，現在看來，還真得用上。

想了想，鄭歎還是將新的ＳＩＭ卡一起安裝上去。

電池裝好之後，手機開機。裡面裝了好幾個鄭歎不知道是什麼功能的軟體，試了試鏡頭，拍攝效果還不錯，即便比不上四年後的手機，但相比起同時期的其他手機還是有很大長處的。

電子產品的更新換代太快，前兩年的高價機型現在只要半價、甚至更低價就能買到。鄭歎手上原有的那個舊手機，當時還算是高價位的手機，現在已經跟不上步調了。作為過來人，鄭歎更清楚就算是手上的這個新手機，很快也會被六八淘汰掉。

與時俱進，不外如是。

好在現在鄭歎的要求不多，只要能打電話、發簡訊、拍攝就行了，舊手機的相機不行，只能用六八這個新的。

白天鄭歎不敢明目張膽的來，只能等晚上。

鄭歎不知道那四個人到底叫什麼，他們彼此間稱呼的時候並沒有叫全名，也不知道他們是哪個學院的，能確定的是，這四個人都是楚華大學本校的學生。

回學校的時候，鄭歎看到了那輛被撒哈拉尿過的舊車。一個陌生的學生騎著自行車，跟同學聊著，來到校門口時就將自行車停在校內靠近校門的一個車棚。

「騎出去不行嗎？停這裡幹嘛？」騎舊車的那人說道。

「你那輛破車停哪裡都無所謂，我這輛可丟不起。聽說校外不安全，還是停學校裡的好。」騎著一輛變速車的人將車停好，鎖上鎖，「上個月我女朋友那輛沒買多久的折疊車被偷了，當時買車的時候還特意買貴一點兒的鎖，沒買那種便宜的，還不是被偷？就停在外面一間餐館附近，找到現在都還沒找到。停車還是專找這種有監視器的地方，被偷的機率低一些。」說著，那人指了指不遠處的監視器。

「我覺得買車還是買舊車算了，像我這輛，剛買的二手車，才兩百塊錢，也不怕被偷，被偷了也不怎麼心疼。」

「你這破車……一百就不錯了，還兩百？你被坑了吧？哪裡買的？」

「就不遠處那間賽馬車行，不過人家說剛換了煞車，還附鎖和鑰匙。」

「換一條煞車線在校內修車的地方根本一個便當錢都不到，成本就更低了。至於鎖和鑰匙，誰賣車不附鎖和鑰匙？」

等那兩人走遠，鄭歎湊近那輛舊自行車，車輪上還帶著狗尿氣味，可是不容易聞出來，應該是沖洗過。車身沒有刷新漆，估計是那些人嫌麻煩。至於剛才那個學生說的賽馬車行，就是鄭歎盯著的那間自行車行，那幾個偷車賊處理車的地方。

鄭歎晚上吃完晚飯穿著背心出門，去老瓦房區裝了手機，然後往賽馬車行走。

晚上沒人注意到鄭歎，穿著的黑背心也不容易被人看出，大晚上的也沒人去盯著一隻貓瞧。

來到賽馬車行，店鋪還沒關門，車行裡坐著幾個人，除了白天見過的那個坐在店鋪裡的老闆之外，其他幾人鄭歎不認識。沒有那四個偷車的學生。

鄭歎從店鋪旁邊的小巷子進去，跳上店鋪後院的院牆。

院子裡停著幾輛自行車，因為白天噴過漆，還有些氣味。

在燒餅店門口丟的那輛淑女自行車現在已經換了張皮，原本的漆被磨掉了，新噴的是另一種顏色的漆。按照很多丟車的人找車的第一想法就是看是否與自己的車子顏色一樣，而重新噴漆之後，也不再那麼容易被失主看到。

院子裡很靜，店鋪後門那裡堆著很多貨物和零件，也沒人在後門處，後門都關著。大概是因為社區大門鎖好了，所以沒人會在意後門這裡。

鄭歎聽了聽周圍的動靜，確定沒人在附近之後，便開手機拍照。

晚上拍照想拍得清楚些肯定要開閃光燈，鄭歎就怕閃光燈的光讓人注意到，所以拍一張就小心的注意一下周圍，除了賽馬車行之外，還要注意周圍的居民住家和店面，確定無異常動靜之後再拍第二張。

店鋪裡幾人打牌打得火熱，壓根沒人會想到這個時候他們的後院裡會有一隻貓正拿著手機在偷拍。

沒有多拍，拍好關鍵的幾張照片之後，鄭歎便跳上院牆，看了看周圍。

鄭歎打算白天再拍幾張，但白天他不好帶著手機，所以打算今天晚上就將手機藏在這周圍，明天白天不用穿背心直接過來偷拍就行了。

店鋪二樓的陽臺比較窄，堆著一些好久沒動過的雜物；二樓後面的門也關著，看上面的痕跡，好像極少開啟。

鄭歎跳到二樓陽臺，小心的將雜亂放著的東西清理一番，這樣旁邊有雜物能夠擋住兩邊從其他居民住戶那裡看過來的視線，靠欄杆的地方兩個盒子之間能空出個空隙，方便鄭歎偷拍還不容易被下方的人發現。

試了試之後，鄭歎滿意了，覺得差不多後便放下手機，直接輕身回家。

六八給的那個手機有手機鎖功能，三次沒有輸入正確的密碼就會直接關機，裡面的資料也會被清除。這個相比起其他手機來說確實安全一些，專門幹這事的，不怕被人發現。

明天不會下雨，如果有雨雪的話，那四個人不會將自行車就這樣放在外面，畢竟這可是他們要賣錢的車。

◆◇◆◇◆◇◆◇◆

次日，鄭歎沒有立刻出門，而是偷偷上網看了一下校內論壇裡對撒哈拉事件的討論。

那篇熱帖還在，另外還有帖子在說阮英向學校的學生表示歉意的事情，一些學生還讓阮英帶撒哈拉去寵物診所檢查。

如果是人的話，這種情況就好像類似於，別人都說你是神經病、是瘋子，要送到醫院檢查，不檢查就默認是神經病加瘋子。對人來說這無疑是有種侮辱的意思，但放在動物身上就覺得理所當然了，不少人要求阮英出示撒哈拉的健康記錄以及最近的檢查報告，有種不依不撓的意思。

要說這裡面沒人故意搗亂，打死鄭歎都不信。

學生不會隨意去逼迫一位老師，還有一位院士，沒那個膽，就算有也覺得沒必要。但這幾個人不僅說了，還煽動其他人胡扯，剛剛還在說狗的事情，沒過多久就提到專案資金上面，什麼利用虛假票據套取研究專案資金等懷疑。

有些學生已經意識到不對勁，也不亂說話了。

大學裡某些大人物爆出醜聞的事情每年都有，還都是名校，楚華大學也曾有過，不過近幾年沒聽說，現在提到這個，就不是他們學生能管的了，事後發表看法還行，現在形勢不明，還是沉默算了。

得罪了人，他們這些小蝦米可扛不住。

以前就有過不少例子，像是年輕教師得罪某個有聲望有地位的大人物而被排擠，處處受制；某研究生因與指導教授意見不合，被卡住幾年不讓畢業……這類事情都是常有的，學生們聚在一起的時候也會八卦一下。

雖然論壇裡發言的人少了，但關注的人可不少，學生和老師們都看著呢，不敢發言還不讓旁觀了？反正又不涉及到自己，看戲總行吧？

還有人直接說了句「讓他們狗咬狗」，不知道是有多大的怨念。

看最新的一些討論，已經沒人再提到那個連人帶車一起被撒哈拉推倒的女學生了，連撒哈拉被提到的次數都漸漸少了，這算是已經進入爭鬥的正題，不知道什麼時候會被校方刪帖。

鄭歎看了一會兒之後準備關電腦出門，卻突然看到一篇昨天發布的帖子，剛被人回帖之後頂上來了，是關於自行車被盜的。

點進去看了看，發帖的是個女生，上面說了她大概是什麼時候丟了車、在哪裡丟的，還將車以前的照片發了出來，讓見到的同學通知她一下。

圖片證明，就是鄭歎看到的那輛。

鄭歎注意到那女孩子發的其中一張圖片上是那輛自行車的車座，車座後面印了一串英文字母，是那女生名字的拼音，用花體字寫的，不知道的人估計會認為那是自行車的牌子。是個不錯的證據。

昨天拍照片的時候鄭歎並沒有注意到車座。又看了兩眼那幾張圖片之後，鄭歎關機下樓。

第九章

貓式跟監

鄭歎不好找那四個偷車的學生，大白天也不好拍他們偷車的樣子，只能在賽馬車行後面的院子裡守著，反正他們偷完車還是會來到這裡。每次一來就是一起，因為每次作案，周圍得有同夥應付可能出現的狀況。

比如偷淑女車時，周圍至少會有一個男的，偷車被人抓住爭吵起來的話，兩個女生吵架，有個男生在還能上去鎮一鎮場子，相對弱勢的女孩子們肯定會審時度勢，很少會繼續吵下去。而偷男生的自行車時，那個女的肯定也在周圍，偷車的人和車主打起來的話，看上去斯斯文文的女學生過去勸架還能緩一緩，畢竟大多數男生並不會對女生動手。而且這裡都是學生，性情也相對單純一些，有很多人的膽子並不是那麼大，大多抱著息事寧人的態度，便助長了這些人的氣焰。

鄭歎來到店鋪後面，跳上院牆翻到二樓陽臺，灰黑色的並不顯眼的手機躺在那裡。

開機之後，鄭歎看了看周圍，確定沒人，便拿著手機下去找到了發帖的那個女孩子丟的自行車，車身被噴了新漆，但車座還沒換，鄭歎趕緊又拍了幾張照片，然後回到二樓陽臺，就守在那裡，連午飯都沒去吃。

那夥人會趁著中午在校外吃飯的學生多，找機會下手，鄭歎現在離開的話，容易錯過他們。

等到大概快一點的時候，後院的門打開了，還是那四個人，推著剛偷的自行車進來，鄭歎趕緊打開手機的錄影功能開始拍攝，輕聲呼吸，讓手機能更好的錄下他們說話的聲音。

那幾個人在談論中午怎麼偷這輛車，還說差點被發現。這車是輛好車，翻新一下能賣到不錯的價錢。

之後，那幾人將噴了新漆的自行車換了車籃和車座，看樣子他們平日裡就這樣幹，這讓鄭歎慶幸剛才補拍了幾張照片。這幾個人夠謹慎的。

鄭歎不知道六八這手機能連續拍多長時間，一般的手機拍一段影片的時間不會太長，但鄭歎連著拍了半小時才提示結束，需要再次開啟拍攝。

這讓鄭歎很滿意，清晰度不錯，拍攝效果也好。

院子裡幾人正笑著說這幾天偷車賣出去的錢能分到多少，打死他們也不會想到這時候有一隻貓正躲在二樓的陽臺那裡，就在那堆雜物的後面，偷偷拍著他們的一言一行。

兩點多的時候有三個人離開，剩下一人繼續在後院整理自行車。鄭歎趁那人上廁所的時候開溜了。手機還是放在原地，大白天的他無法將手機帶走。而剩下的也沒什麼好拍的，晚上再過來將手機拿回去就行了。

從車行離開之後，鄭歎直奔焦威他家小餐館，中午沒吃飯，現在餓啊！

這時候午餐高峰期已經過期，吃飯的學生也沒幾個了，鄭歎來到小餐館的時候，最後兩個學生吃完離開，焦威他爸媽正在收拾。

看到鄭歎之後，焦威他爸幫著熱一熱飯菜給鄭歎，焦威他媽則打電話給焦爸。

「黑碳剛過來了，好像是沒吃飯，中午估計玩忘了，正給牠熱午飯呢。」

鄭歎：「……」大嬸啊，能不能編個好點的理由？玩忘形這理由回去是要挨訓的！

吃完之後，鄭歎去賽馬車行繼續看看有沒有其他能拍到的證據，五點多才回家等著吃晚飯。到了晚上七點半，他穿好背心，便前往賽馬車行去拿回手機。

將手機放進背心口袋，鄭歎回到校內的老瓦房區。

將音量調小，看著手機裡拍的影片和錄音，鄭歎很有成就感。有了這些影片，再分析一下撒哈拉那天的行為，應該就能將事實說出來了。

但很快，鄭歎高興的心情慢慢冷卻下來，然後鬍子抖了又抖。

他突然想起了一個很重要的問題——

這手機沒有傳輸線。

——六八那傢伙沒有給傳輸線！

——記憶卡呢？

——有記憶卡的話，焦爸那裡好像有讀卡機。

鄭歎翻了翻手機，研究半天也只找到了放ＳＩＭ卡的地方，沒有看到放記憶卡的。

看資料介面就知道不是一般的傳輸線能對應上的，沒找到記憶卡也沒有傳輸線，要怎麼將弄到手的這些證據公布出去？

手機上的藍牙功能倒是有，但焦家那臺桌上型電腦並沒有藍牙功能啊！

鄭歎煩惱了。

不過，再仔細想想，用焦家那臺電腦發這些東西好像有點不恰當，畢竟是校內網路，要查發布者一查就查到了，鄭歎又不是個電腦高手，比不過那些專業人士。

如果因為這些而給焦家帶來麻煩，那就不好了。雖說焦爸現在混得還不錯，但和人家院院士級別的人相比還是差很遠。現在上面正無聲鬥著呢，要是讓焦爸被人盯上，不用多費力，在評選時或者在其他一些小問題上插一手也夠焦爸忙的。如果有院院士在後面頂著自然好，可惜一些麻煩還是免不了，焦爸有他自己的打算和步調，鄭歎也不能去擾亂焦爸的計畫。

這事是鄭歎自己辦的，跟焦爸壓根無關。

——怎麼辦呢？

鄭歎盯著正在小聲播放著拍攝到的影片的手機，想了想，算了，這種事情還是讓六八來吧。當初六八留下手機的時候，是不是早就預料到了今天的問題？

跟他們這些智商高、腦子靈活的人打交道，真是太費勁了。鄭歎心裡感慨。

不管怎樣，既然忙活到現在，萬沒有現在就放棄的道理。

鄭歎發了封簡訊給六八，六八很快就回了，他不在市內，接了個案子正在忙著。不過，他讓鄭歎將那些影片直接傳輸給他，用手機上安裝的一個軟體，在外地的六八可以透過這個軟體將鄭歎傳輸上去的影片下載下來，然後按照鄭歎預想的樣子發布到楚華大學的校內論壇上。

鄭歎沒見過那個軟體，就算是他變成貓之前的時候也沒見過，聽都沒聽說過。不過，既然六八說這樣可以，安全也有保障，鄭歎沒其他辦法也只能直接傳了。

一邊傳，鄭歎還一邊想著這按流量算的話得要多少錢，而當傳完影片後，簡訊也能繼續發，沒收到欠費提示，鄭歎就不多管了，有事的話也有六八擺平。

影片傳上去，鄭歎還編輯了一些查到的相關資料給六八，六八說今晚就能搞定。不過，鄭歎今天晚上可上不了網，只能等明早再看事情的進展。

關於傳輸線的事情，六八現在也不能做什麼，只告訴鄭歎記憶卡的地方。這手機不是一體成形的，是安裝了記憶卡的，只是位置比較隱蔽，鄭歎沒找到而已。

按照六八的提示，鄭歎費了點功夫才找到，爪子不靈活，玩手機不那麼方便，好在最後還是找到了地方。

六八告訴鄭歎不要輕易使用，有事情的話可以直接讓他幫忙。

鄭歎想想也是，就自己那垃圾技術，還是少去折騰了。

將事情安排完之後，鄭歎就關機，新手機的電池掰下來，帶回去明天在家裡用焦媽的萬能充電器充一下，幸好電池還能用這種辦法充電，不然只有個機子，沒傳輸線、沒充電器，搞毛啊！

另一邊，發完簡訊下載了影片之後的六八突然想到，自己剛才好像壓根沒將對方當成一隻貓，剛才的感覺就好像是跟一個熟悉的朋友聊天的樣子，比如跟金龜胡侃的時候那樣。

六八笑著搖搖頭，繼續幹自己的事情。只要不損害自己的利益，多個朋友就多個幫手。

他從鄭歎發的那些資訊裡面整理出一篇文章，插入了眾多圖片，嵌入幾個影片連結，就算有人刪帖也能去影片網站裡看，而那個影片網站，發布的影片不是能輕易刪除的。

除此之外，六八還讓金龜查了查賽馬車行的事情，很快就有了相關的資料，六八將這些也放進去。

點了發帖之後，六八想著，楚華大學那邊估計又得熱鬧一番了，可惜，沒誰會連想到一隻貓身上。

六八一時興起，翻看了一下楚華大學校內論壇近期的帖子，咧了咧嘴，好像挺好玩的樣子。他等著看熱鬧。

◆◇◆◇◆◇◆◇◆

第二天，楚華大學的學生們爆了。

甭管是還沒考完的、或是已經考完期末考打算回家的學生，還有那些已經回到家待在電腦前的人，都因為帖子上的事情爆了。

生氣的大多是那些丟過自行車的學生，尤其是剛丟不久的人，甭管是不是那四個人幹的，都記在他們身上了。而其他人則覺得這四個人丟了楚華大學的臉面，讓他們也連帶著丟人，現在有不少學校的人都在看笑話。

這位ＩＤ名為ＨＴ的人發的帖子詳細說了這個校園偷車組織以及賽馬車行所幹的事情，而那四位偷車的人也被搜了出來。

在燒餅店門口丟車的女學生直接跑到偷車女生的寢室裡去鬧了一頓，聽說現場很火爆，論壇有圖為證。

丟車的也有不少是男生，男生不能跟女生計較多少，心裡有氣也不能直接去對著女生發吧？於是，一夥人去堵了另外三個人。

或許對很多人來說，一輛自行車而已，有必要鬧成這樣？

但對於學生來說，買一輛自行車也是要講半天價，沒買多久時間就被偷，這種心情是其他人無法理解的。

當怨氣積累到一定程度，一旦有個噴發口，那就難收了。也不得不說，這四個人這段時間確實不太收斂。

根據帖子上說的，這四個人偷自行車已經偷了將近三百輛。一輛好的自行車偷過來再賣出去能賣個原價的三折甚至更多，曾經有一次他們竟然還以原價賣出！次級點的自行車，就算沒多少錢，數量累積下來那也是大錢了，尤其是對這些還沒進入社會工作、沒多少進帳的學生來說，就更不能接受了。

「用老子的車填你們的腰包？」

「揍你沒商量！」

「都是學生相互理解？」

「理解你妹！」

「裝可憐？」

「呸！」

「知道錯了？」

「老子再呸！」

「主動認錯堅決再犯這種伎倆大家都玩過，騙誰呢！」

新的一帖上面還有人ＰＳ了一張圖，配了文字——

一堆學生揮舞著拳頭怒視那四個偷車的人，旁邊一個對話框：「大家一起上，不要跟這些人講江湖道義！」

校園偷車組織的曝光，讓一群正等著考完回家的學生們有了打發時間的事情。

某男生宿舍，電腦前坐著個人，叼著外賣送來的炸雞塊，旁邊還放著一瓶啤酒，腿蹺在桌子上，手指在鍵盤上敲敲打打。他身後的室友走過來盯著螢幕看了看。

「言辭犀利，你這是在說誰呢？從幼稚園小朋友純潔的心靈扯到社會發展大和諧？」

「有人偷車，我們學校的人，三百多輛自行車呢。」

「那麼激動幹什麼？又沒偷你的車。注意點言辭騷年，君子絕交不出惡言聽過沒？」

「兄弟，你晾在外面的球鞋被人拿走過嗎？曬著衣服被人順走過嗎？被偷過被子、被拿過水壺嗎？一樣的體會，不對，比偷被子那些情況還惡劣。」

「……我艸！這體會太深！批！批！得重批！你滾開，打字太慢，我來！」

「君子絕交？」

「去他媽的！」

類似這樣的情況很多，很多學生去同學寢室串門子的時候都在說。

年底了，沒其他事，就這個大事件了。

馬斯洛理論把人生的需求分成五個層次，由低到高層次依序為：生理需求、安全需求、歸屬與愛的需求、尊重需求和自我實現需求。

大學生正處於人生需求的第二和第三層次，並逐步向第四、五層次邁進，也是一類很容易被情緒感染的人群。很多時候他們第一個想到的並不是怎麼來遮掩醜聞、怎麼從大局觀上看事情。這個時期，父母親剛放手，他們半接觸社會、稜角尚未磨平，大多會憑喜好厭惡來大膽發表自己的言論、宣洩自己的情緒。

就像現在，很多學生和官方人士一樣想著怎麼來降低學校的壞影響，但更多的學生會直接表達出自己的想法，該罵則罵，一點兒都沒有要遮掩的意思。

賽馬車行被人潑了臭水，扔東西砸，還用油漆寫了不少兒童不宜看到的罵語。

別以為名校的學生就是一堆乖乖孩子，能鬧事的不少。

有人說賽馬車行的人是道上混的，但道上混的又怎樣？不是誰都怕。

在那之後，警方介入調查，校方對於這次的事情很重視，不重視不行啊！

隔了兩天鄭歎再出去的時候發現，賽馬車行店面被關了，聽說店主被警察帶走，那四個偷車的楚華大學學生被開除學籍，和那個車行老闆一起被帶走調查。

一般學校對學生的處分有警告、記過、留校察看和開除學籍等幾項，開除學籍是很嚴重的處罰。開除學籍之後，學校不會承認你是這裡的學生，以前的成績、榮譽什麼的都作廢，還要記入政府檔案，想從軍也不可能，審查這一關就會直接刷了。

聽說調查的時候，那幾個學生又供出了幾人，有本校的其他學生、有外校的，還有附近的其他車行。就在賽馬車行被調查的那天，學校附近的另一間車行關門，老闆連夜跑了。

他們能夠做這些都是車行的老闆在其中幫忙牽線，有時候還有客戶的訂單，要哪樣的車他們就去偷哪樣的；就算這幾個學生畢業，車行的人也會拉新的學生加入，總之幹這事的人不會少。賽馬車行在學校附近開了這麼多年，不知道有多少學生涉入其中。

很多人不能理解為什麼都唸書唸到這個程度了，而且是名校，那些學生還偷車。

後來據那幾個學生交代，因為做這行來錢快，大多數時候一個月就能收入過萬。當然，分到各自的手裡未必會有這麼多，但對於很多學生，尤其是那些家庭條件並不好的學生來說，這也是一筆不錯的收入了。

但貧窮不是偷竊的理由。

王星家裡的條件也不好，那孩子還時不時過來這邊撿瓶子呢，而這幾位「天之驕子」呢？用老一輩們常說的一句話：聰明沒放到正道上。

再好的學校，再高等的學府，人品為渣的也不在少數。

人品，從來就不與能力成正比。

其實很多學生在買自行車的時候都知道那些二手車或者翻新車裡面有問題，但涉及不到他們自身的利益，還能少花點錢買輛看上去比較新的自行車，誰願意去多管閒事？只是因為這次的事情爆出來，跟著開口了而已。

有些事情防不勝防。就算是偷來的自行車，騎出去基本上也沒有人攔，楚華大學這麼大，不可能對每一輛自由進出的自行車都嚴查，只有碰到一些可疑的情況，比如車鎖沒打開提著車往外走的人，才會檢查學生證並做個登記。

這次的事情無疑打了學校保衛處的臉，而學校保衛處也告訴大家年後會再添監視器，車棚、宿舍等地方是重點。

至於撒哈拉的事件，有一位學生發帖說明了。他已經回家，幾天沒上網，是偷車事件爆出來之後同學打電話給他才知道的，知道後便趕緊找了間網咖發帖陳述真相。

原來，那是阮英的一位學生，他們經常去找阮英打球，而撒哈拉被帶出去就拴在球場旁邊。有天大家都在打球，邊上圍了很多人，他們聽到撒哈拉叫也沒注意，等阮英循聲過去看，那學生的自行車早沒影了。

或許就是那時候，撒哈拉盯上了那幾個人，每次見到都會針對一下，只是阮英沒往那事情上想，畢竟都是學生，看上去也不像是做壞事的。

事情明白了，撒哈拉也摘掉了瘋狗的帽子，不僅摘了，還被不少人誇讚。不過，不論是批鬥還是稱讚，被關在家裡的撒哈拉都不知道。

校內論壇裡漸漸平息下來，學生們鬧過一場之後都趕著回家過年，學校的人也漸漸變少。撒哈拉已經撤了出來，剩下的無聲戰鬥就讓阮院士他們繼續了，其他的小嘍囉上去只有被炮灰的分。

不管是哪個圈子，爬到一定高度，都是經過無數爭鬥才上去的，就像焦爸，跟生科院裡的一些老師也是有競爭關係在，在應付正當競爭的時候，還要防著非正當競爭。雖說與人為善，但多留個心眼總是好的。

就像焦爸跟他手下的研究生們所說的那樣：「當學生的時候還能一心一意做研究，等真正當老師了，就未必有那個時間和心態了。」

◆◇◆◇◆◇◆◇◆

一週後的某天，鄭歎在外閒晃之後回社區，碰到提著大袋小袋東西的阮英，和一週前那事情鬧得正熱的時候相比，現在阮英的心情好多了。

見到鄭歎，阮英招招手，「黑碳，走，去家裡跟撒哈拉玩玩。」

鄭歎也想看看一直被關在家裡無法外出散步溜達的撒哈拉是個什麼狀態，阮英喊了之後，鄭歎也就跟著過去了。

走在阮英旁邊，鄭歎看到塑膠袋裡面裝著的東西，也憑氣味認出了一些。阮英手裡提著的有雞肝、花生米、核桃、香腸等之類的東西。

跟著阮英來到撒哈拉家，進門就見撒哈拉趴在沙發旁邊，平日裡聽到動靜會直接奔門口蹦踏，現在卻只是抬頭看了看，又趴下了，一副無精打采的樣子。

「撒哈拉，黑碳過來了。」阮英過去揉了揉撒哈拉的頭，可惜撒哈拉只是尾巴甩了甩，還是提不起精神。

「知道知道，錯怪你了，你受委屈了。我去煮狗食給你。」阮英說道。

撒哈拉鼻子動了動，還是沒起來。

等阮英進廚房之後，鄭歎來到撒哈拉面前，這傢伙也只是抬了抬眼皮而已，然後繼續趴著。

——真受打擊了？

大部分貓狗之類的寵物一生中或許背負著不少冤屈。人的話，你還可以對他們說「有委屈就說出來」，但動物不行，再有靈性的寵物也不能用人言將自己的所思所想表達。

當然，將軍這類本來就有語言天賦、智力還高的物種是另當別論，你要是冤枉牠，牠能立刻跟你開罵，一堆不知道從哪裡聽來的渾話說得一溜一溜的，還帶著地方腔。

聽說某次將軍的飼主覃教授家的小孩去飲料店買奶茶，那店鋪會發給顧客一張名片大小的硬紙卡，卡的後面有三十個格子，買一次蓋一個小章，等三十個章滿了之後會贈送一杯飲品。將軍跟著過去時，抓著那張卡就飛到收銀臺那裡對收銀小妹說道：「來，卡個戳兒！」

那收銀小妹聽了幾次硬是沒聽明白這隻鳥到底說的是什麼，還以為將軍說話不標準，結果等覃教授他孩子解釋才知道這鳥說的是其他地方的方言。

你說這是無意的呢？還是在得意呢？還是在炫耀呢？還是在耍賤呢？

鄭歎更相信那傢伙在耍賤。

從一開始鄭歎就看不慣將軍那傢伙，因為那傢伙能說人話，而他這個曾經是個真正的人類、現在擁有人類內在的，不僅不會說人話，連貓叫都不會。

鄭歎的身邊，貓狗之類的，也就警長的語言天賦不錯，能跟狗對著叫，其他的就不行了，貓是貓叫，狗是狗叫。而鄭歎，啥都不會叫。

這是個相當令人沮喪的事實。沒被逼瘋，鄭歎覺得自己的心理承受能力還是挺強的。

看了看趴在原地沒吼叫沒造反的撒哈拉，乍一看還以為一直在委屈呢！仔細瞧的話，會發現這傢伙的眼睛總往廚房瞟，耳朵還動著注意廚房的動靜。

鄭歎抬手撥了撥撒哈拉的耳朵，熱的。突然想到什麼，鄭歎又摸了摸自己的耳朵，涼的。

思索著為什麼狗的耳朵熱而貓的耳朵涼的問題，聽到動靜鄭歎才注意到，阮英端著一個飯盆出來，而剛才還萎靡不振的撒哈拉立即站起來正搖尾巴搖得歡，撩動著嘴巴。

「不委屈了？」阮英道。

「汪！」撒哈拉跳起來叫了一聲。

阮英將飯盆放到撒哈拉面前，撒哈拉也不管其他了，直接開吃，看那尾巴甩動的幅度就知道這傢伙現在心情相當之好。

一盆食，兩句話，拍幾下，摸摸毛，立刻又滿血復活了。或許這也是為什麼很多人喜歡狗的原因。

委屈？

那是什麼？可以吃嗎？

《回到過去變成貓10貓的祕密，只有他知道。》完

敬請期待更精采的《回到過去變成貓11》

羊角系列032

回到過去變成貓10

貓的祕密，只有他知道。

出版者■典藏閣
作　者■陳詞懶調　繪　者■PieroRabu　拉頁畫者■Jond-D、非光
授權方■上海玄霆娛樂信息科技有限公司（起點中文網 www.qidian.com）
總編輯■歐綾纖
製作團隊■不思議工作室
郵撥帳號■50017206 采舍國際有限公司（郵撥購買，請另付一成郵資）
台灣出版中心■新北市中和區中山路2段366巷10號10樓
電　話■(02)2248-7896　傳　真■(02)2248-7758
物流中心■新北市中和區中山路2段366巷10號3樓
電　話■(02)8245-8786　傳　真■(02)8245-8718
ISBN■978-986-271-725-7
出版日期■2016年11月
全球華文國際市場總代理／采舍國際
地　址■新北市中和區中山路2段366巷10號3樓
電　話■(02)8245-8786　傳　真■(02)8245-8718
新絲路網路書店
地　址■新北市中和區中山路2段366巷10號10樓
網　址■www.silkbook.com
電　話■(02)8245-9896
傳　真■(02)8245-8819

☞您在什麼地方購買本書？☜

1. 便利商店（________市／縣）：☐7-11　☐全家　☐萊爾富　☐其他____________

2. 網路書店：☐新絲路　☐博客來　☐金石堂　☐其他__________

3. 書店（________市／縣）：☐金石堂　☐蛙蛙書店　☐安利美特animate　☐其他____

姓名：__________地址：______________________________

聯絡電話：______________　電子郵箱：______________________

您的性別：☐男　☐女　　您的生日：西元________年________月________日

（請務必填妥基本資料，以利贈品寄送）

您的職業：☐上班族　☐學生　☐服務業　☐軍警公教　☐資訊業　☐娛樂相關產業

☐自由業　☐其他__________

您的學歷：☐高中（含高中以下）　☐專科、大學　☐研究所以上

☞購買前☜

您從何處得知本書：☐逛書店　☐網路廣告（網站：____________）　☐親友介紹

（可複選）　☐出版書訊　☐銷售人員推薦　☐其他______________

本書吸引您的原因：☐書名很好　☐封面精美　☐書腰文字　☐封底文字　☐欣賞作家

（可複選）　☐喜歡畫家　☐價格合理　☐題材有趣　☐廣告印象深刻

☐其他______________

☞購買後☜

您滿意的部份：☐書名　☐封面　☐故事內容　☐版面編排　☐價格　☐贈品

（可複選）　☐其他

不滿意的部份：☐書名　☐封面　☐故事內容　☐版面編排　☐價格　☐贈品

（可複選）　☐其他

您對本書以及典藏閣的建議______________________________

____

____

✌未來您是否願意收到相關書訊？☐是　☐否

✍感謝您寶貴的意見✍

印刷品

$3.5

請貼
3.5元
郵票

不思議信箱
FUSIGI POST

235 新北市中和區中山路二段366巷10號10樓

華文網出版集團 收

（典藏閣－不思議工作室）

陳詞懶調 × PieroRabu

回到過去變成貓

BACK TO THE PAST
TO BECOME A CAT NO.10